印度：
受伤的文明

〔英〕V.S.奈保尔 著

宋念申 译

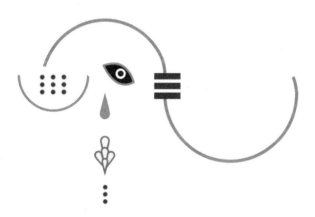

India:
A Wounded Civilization

南海出版公司

新经典文化股份有限公司
www.readinglife.com
出　品

目 录

序

　　一九七五年，印度总理英迪拉·甘地夫人[①]出于并不光彩的理由，宣布中止宪法，国家进入"紧急状态"[②]。可以说，这一事件使印度倍受世界瞩目。我的美国出版商科诺普请我就这个主题写一本书；接着，我的伦敦出版商和《纽约书评》同样给予了相当的支持。如此劝诱令人无法拒绝。我很清楚，我被要求做的是与印度政治和批评相关的事。这是我此前从未做过那时也不曾想过要做的事，但写出一本新书的邀请还是令我兴致盎然，我同意了。这个项目

[①] 英迪拉·甘地 (Indira Gandhi，1917－1984)，印度第一任总理尼赫鲁之女，曾任印度国大党主席 (1959)、印度总理 (1966－1977；1980－1984)，实施经济计划和社会改革，后被锡克族卫兵刺杀 (1984)。

[②] 1975 年 6 月，印度高等法院判决当时的总理英迪拉·甘地夫人在大选中舞弊。甘地夫人于是宣告国家进入紧急状态，冻结宪法，解散国会。直到 1977 年，紧急状态才告终止。

没花多少钱，但我期望最后的成果还不错。

本书有一个很好的开端。我去到孟买，与一个调查员见了面。他正准备去马哈拉施特拉邦多山的核心区域，认为我应该与他同行。这与"紧急状态"无关。正如我一直以来那样，我更关注的是增加自己关于印度的知识；甚至可以这么说，迄今我关于印度的所有写作，都属于同一本描述性的书。于是我从孟买出发乘火车前往浦那，然后与调查员在乡间四处自驾游览。每一件事对我来说都是新鲜的；词语各安其位；我写下的东西令我十分满意。当时的设想是用这种方式写完其余部分：旅行，与人相遇并与人交谈。但"紧急状态"无法回避；大环境中有各种各样不和谐的事情发生，很快，人们就不再愿意与我聊天，或是被人看到同我待在一起，我预见到如果继续沿用这套旧方法，这本书将无法完成。一种新的方式对我发出要求。在写作时常会碰到的充满紧迫感的慌乱中，我突然想到应该尝试对印度进行一次精神层面的描摹。为了做到这一点，我利用了既有的材料：报纸、杂志、书籍，压榨出它们的意义。

因此，在《重访加勒比》与《幽暗国度》之后，我找到了一种新的求知方式。虽然我偏爱旧方法，与人互动，有风景，有交谈，但那时这已经不可行了。读者会发现在我这些书的新版序言里，我更关注的是写作的艺术，以及与之相关的旅行的艺术，而不是我讲述的内容；这是因为不同的书要求我采用不同的行动和写作方式，我必须让自己对可能面临的任何情况都做好准备。而关于这一次旅行，还有另一个丰沛的成果。我在《纽约书评》的约稿最终集结为一系列彼此关联的文章。因此，在没有专门训练也没有刻意设计的情况下，我进行了连载写作。读者会判定我做得如何。我必须说，而且这种说法对我的每一本书都有效，我的书滋养了我；每本书结束时，我都比创作之初多了一些智慧。

就智识而言，这本书暗含着一个想法：印度诞生于多次的征服，征服的现实决定了印度的多种面向，但这并非总能得到承认。后来我很明确地运用了这个想法，但我可能更喜欢这本书所呈现的半遮半露的含蓄表达。纠结的写作过程也导致了另一个结果：这是我印度系列中最薄的一本。

（陈蒙 译）

前　言

　　孟买机场的灯光照出下过雨的痕迹，午夜过后一两个小时，飞机缓缓滑行入港，排出的气流猛吹着水泥路面上季风留下的水洼。这会儿是八月中，雨季还有两周才能正式结束（尽管这个雨季可能会延长）。狭小潮湿的候机楼里，坐着早些时候海湾航空公司航班上的旅客。所谓"海湾"指聚集了很多石油国家的波斯湾。在这些旅客中，印度商人们身着西服，等待着海关人员格外仔细的盘查；有几个日本人；一些阿拉伯人身着传统沙漠服装，这类服装如今在机场或者异国城市里出现，就像是突然风行起来的新拜金教的一群祭司所穿的白色长袍；还有两个缠着头巾、皮肤黝黑的锡克族工匠，他们完成了在石油国家的工作后回到印度，带着扁平的箱子，穿着同样扁平的黄色软革新皮鞋。

这些日子以来，世界上的熙来攘往有了新的面貌。再次走了运的阿拉伯人扩散到了沙漠以外的地方。印度则再一次处于这个新阿拉伯世界的外围，如同公元八世纪一样，那时新兴的伊斯兰教四方广布，阿拉伯人（据说在一个十七岁男孩的领导下）侵占了印度信德王国①。历史学家们说，这只是一段插曲。但信德如今已不属于印度，自从阿拉伯入侵以来，印度就缩小了。没有任何文明对外在世界那么缺乏抵御能力；没有一个国家会那么轻易地被侵袭和劫掠，而从灾难中学到的又那么少。阿拉伯人征服信德五百年后，穆斯林在德里建立统治，那是外国人的统治，人民分裂了。而外族的统治——前五百年是穆斯林，后一百五十年是英国人——直到一九四七年才在德里结束。

印度的历史很容易被压缩。这次游历印度，我在一个北方城市碰到一个年轻人，一个年轻的公务员。他说他的阿拉伯祖先早在八百年前、十二世纪伊斯兰大扩张时期就来到了印度。我问他住在什么地方，他说："我们家在德里住了五百年了。"这话在欧洲会被当成吹牛，在印度可不是。这是个正派人家，一向正派，他们的姓氏"古来氏"②显示着这家人几个世纪以来履行的宗教职务。家中一员进入行政部门工作，这打破了继承了八百年的静止

---

① 现为巴基斯坦的一个省。
② 伊斯兰教创始人穆罕默德出生时期在麦加居统治地位的部落，主要由十个部族组成，其中一些因其成员在早期伊斯兰教中居显要地位而闻名。

的传统。年轻人把他的家庭与那些穆斯林石匠和采石工的家庭作了对比，那些是莫卧儿①宫殿与清真寺建造者们的后代，在德里，他们仍然围坐在沙·贾汗②的贾玛寺，像祖先们一样，他们是穷困潦倒、衣衫褴褛的工匠。每个人面前都放上了祖传手艺的工具，期待受到雇佣，准备为什么人去修建一座德里新城。

二十世纪后期的印度看起来依然故我，仍然固守着自己的文明，她花了很长时间才明白，独立的含义远不只是英国人的离开。独立的印度，是个早已被挫败的国度，纯粹的印度历史在很久以前就结束了。随着"紧急状态"的出现，人们已经有必要抗拒新的印度衰亡的恐惧了。

印度于我是个难以表述的国度。它不是我的家，也不可能成为我的家，而我对它却不能拒斥或漠视，我的游历不能仅仅是看风景。我离它那么近却又那么远。我的祖先一百年前从恒河平原迁出，在世界另一边的特立尼达，他们和其他人建立了印度人社群，我在那里长大。那个社群与甘地一八九三年在南非所见相比，结构更为单一，与印度本土也更加隔绝。

印度，这个我一九六二年第一次探访的国度，对我而言是一块十分陌生的土地。一百年的时间足以洗净我许多印度式的宗教

---

①莫卧儿帝国（1526－1857），由帖木儿的后裔创建于印度北部的伊斯兰国家。
②沙·贾汗（Shah Jehan, 1592－1666），印度莫卧儿帝国皇帝（1628－1658），在位时征服了德干高原上的各国，兴建了泰姬陵和德里新城。

态度。不具备这样的态度，对印度的悲苦就几乎无法承受——过去如此，现在也如此。我花了很长时间来适应印度给我的这种陌生感，来确定是什么把我从这个国家分离，同时，也明白了我这样一个来自微小而遥远的新世界社群的人的"印度式"的态度，与那些仍然认为印度是个整体的人的态度会有多么大的差异。

对印度的探究，即使仅仅是对"紧急状态"的探究，很快就不局限于政治层面了。它不得不成为对印度姿态的探究，不得不成为对文明本身的探究（正如它现在所是）。尽管我在印度是个陌生人，但这项探究的起点却正是我自己——这比书中所表达出的还多。因为，就像我们中的一些人一直带着婴儿时期的瞬间印象一样，我身上也一直存留着古老印度的梦幻记忆，它来自延续至我童年时代的家庭仪式与惯例，它为我勾勒出了一个已经全然消失的世界。

比如，我知道牲祭之美对雅利安人是非常重要的。牲祭将烹饪转化为一种仪式：最初烹饪的东西（通常是一个未发酵的特制的小圆面饼）总是被献给火神，只有用露天的灶火才可以。放弃这个习俗（如果我现在试图谈及那种对孩子来说只是暂时的错误），就是弃绝了土地与古老大地之间的联系，那最本源的东西。早饭前的晨礼，点灯前的晚礼，这些一个接一个的礼仪与宗教相连，而宗教又像是一种对历史的感悟。所以说，我们现在对大地和宇宙的敬畏，需要在以后以另外的方式被重新发现。

童年时的习俗是神秘的。当时我并不知道，祖母房中神龛里光滑的卵石——它与其他家当一起被我祖父一路从印度带来——其实是生殖崇拜的象征。卵石代表了更为露骨的圆形石柱。而剖开南瓜定要以男人之手操刀又是为什么呢？我一度认为这一祭祀仪式暗含着性的因素，因为南瓜自上而下可以对分的外形。而就在最近，这本书的写作即将完成的时候，我才了解到更令人吃惊的真实情况。在孟加拉及与其毗邻的地方，南瓜是一种代替活牲祭祀的蔬菜，因此男人之手是必需的。在印度，我知道我是个陌生人，但我渐渐明白，我对印度的记忆，那些存在于我特立尼达童年里的印度的记忆，是地上的一扇通向深不可测的历史的门户。

第一部　受伤的文明

第一章　旧有平衡

1

有时的旧印度，那个许多印度人喜欢谈论的古老而永恒的印度，似乎就这样延续着。上次大战时，一些正在接受化学战训练的英国士兵在这个国家偏远的南部一座印度教千年古刹附近驻扎。寺庙里饲养着一条鳄鱼，士兵们出于可理解的原因射杀了它。他们还以某种形式（也许仅仅是他们的出现本身）亵渎了寺庙。士兵们很快就走了，英国人也纷纷离开了印度。现在距离那次亵渎事件已有三十多年，在另一次紧急状态时期，寺庙得到了翻修，一座新的神像被安置其中。

在被赋予生命和注入法力之前，这样的雕像不过是雕刻师院子里的摆设，它们的价值取决于大小、材质以及工匠的手艺。印度教偶像来自古老的世界，他们体现着深奥，有时是庄严的概念，而且必须以特定的规范被塑造。印度教的偶像形象在今天不可能得到发展，尽管受到印度电影和电影海报的影响，最近的一些形象没有古代原始形象那么概念化，有种世俗的、玩偶式的美。他们了无生气、姿态各异地伫立在雕刻师的展室中。偶尔会有一尊受命而塑的半身像，比如地方警察局的督察之类，他空洞洞的大理石眼睛上可能还会安着一副真的镜框——这些花岗岩和大理石首先让人感到置身墓地，或是让人想起某个备受爱戴的亡者。不过这样的展室是他们成神之前的过渡居所，每座雕像都等待着被买走、被供奉，这样他们就有了生命和神性，每个雕像都白璧微瑕，为的是当神性生命降临时不至于太令人恐惧。

所以在曾遭亵渎的庙宇里，神像必须被赋予生命，要举行特别的法事，所用的方法是世界上最古老的一种。它把我们带回宗教和人类奇迹刚刚开始的时候。这就是"道"的方法：太初有道[①]。一个十几个词的符咒[②]被吟诵并眷抄五千万次——这就是在这个宪法被冻结、新闻遭审查的"紧急状态"中，五千名志愿者所做的事。这件事完成后，新偶像下面要放上一块镌刻过的金牌，以证明神性之生成以及志愿者之虔诚。千年古刹将重生，

①见《约翰福音》第 1 章第 1 节。
②印度教或大乘佛教中在冥想时反复念诵的祷文、符咒。

印度，印度教的印度，是永恒的。征服和亵渎不过是历史中的几个瞬间。

再往南大约二百英里，巨大岩石的高原之上，是一度兴盛的印度维查耶纳伽尔王国都城遗址。维查耶纳伽尔建于十四世纪，一五六五年被一支穆斯林国家的联军占领，并被彻底摧毁。这座城市是当时世界上最伟大的城市之一，城墙周长二十四英里，外国游客记录了其结构和精彩程度。毁城行动持续了五个月，也有说法为一年。

今天，外城已经全部成为农田，偶尔可见一些砖石建筑的残迹。通加巴德拉河附近则有更为壮观的遗迹：一些宫殿和马厩、一个王家浴池、一座庙宇，里面有一组仍能奏乐的石柱、一道破损的渠以及几根歪斜的花岗岩柱子，那一定曾是跨河的桥墩。河那边更多：在一条长长的宽敞的道路的一端，湿婆神巨大的牛头塑像仍然半面临街。路的另一端是个奇迹——一座神庙出于某种原因在四百年前的毁坏中幸存，仍然完好并香火不绝。

朝圣者们为此而来到这里献上供品，用古老巫术进行祭祀。维查耶纳伽尔的一些遗址已被文物部门宣布为国家纪念遗址，但对于人数远胜于旅游者的朝圣者来说，维查耶纳伽尔既不是它可怕的历史，也不是它一片荒凉的现在。可知的历史已经沦落为传奇故事：一位强大的统治者，一个天降黄金建立的王国，那王国如此富庶，珍珠和红宝石在市场上像谷子一样地贩卖。

维查耶纳伽尔对朝圣者而言就是那座幸存的古庙，周围的破败就像是古老魔力的证明，正如对过去辉煌的幻想与对现时破败的接受相调和。曾经繁华的街道（它不是国家纪念遗址，仍被允许使用）现在是条陋巷。它未经铺设，表面上满是墨绿色的淤泥和粪便，趿拉着鞋的朝圣者毫不介意地踏过去，走向食品摊和纪念品店，那里收音机开着，喧闹声震耳欲聋。废墟上还有占地而居的饥饿的人们和他们饥饿的牲口，残破的石墙以泥和碎石修补，不久前还在门廊上的雕像已被移除。生活一天天进行，往日在延续。经过征服与毁灭，过去的事物重现了。

　　如果说，维查耶纳伽尔现在徒有一个名称，记得这样一个王国的人那么少（在二百英里之外的班加罗尔①，就有很多大学生连听都没听说过它），那不仅是因为它被如此彻底地夷为了废墟，也因为它贡献很小，它自身就是过去的再现。王国由一个当地的印度教大公在一三三六年建立，他被穆斯林打败后被押至德里，改宗伊斯兰教，然后又作为穆斯林政权的代表回到南方。在远离德里的南方，改宗的大公重建独立国家，并且不合常规地打破印度教种姓规定，重新宣称他皈依印度教，是当地印度教神祇在尘世的代言人。南方的大印度教王国就以这样的方式成立了。

---

① 卡纳塔克邦首府。

这个国家延续了二百年时间，其间战火未歇。它从建国之始就以复兴已遭破坏的印度教为己任，从文化与艺术方面来说，它保存并重复着印度教遗产，但很难有创新。其铜雕与五百年前的没什么差别，即使在当时，其建筑与周围的穆斯林建筑相比也显得沉重老旧。今天的废墟坐落于巨大岩石的冷漠风景之中，看上去比实际还要古老，像一处早已被淘汰的文明的遗迹。

维查耶纳伽尔所宣扬的印度教已经走到尽头，而且已经腐朽，它就像风行的印度教那样，轻易地走向了野蛮主义。维查耶纳伽尔有奴隶市场，有庙妓。它鼓励殉夫自焚的所谓圣行——寡妇在丈夫的火葬柴堆上自焚以达圣洁、确保夫家的荣耀并洗清这个家庭三世的罪孽。维查耶纳伽尔还以活人献祭。一次，在建造大水库时遇到了一些麻烦，维查耶纳伽尔大王克利须纳·德瓦·拉雅命令用几个犯人祭祀。

到了十六世纪，维查耶纳伽尔简直就是一个等待被征服的王国。但它宏大而壮美，需要管理者、艺术家和手艺人。在二百年的历史里，它必然激发出土地上的全部才智并将其聚集于都城。王国被征服、首都被有系统地摧毁时，遭到灭顶之灾的就不仅仅是楼堂和庙宇了：生灵涂炭，王国中所有具备才智、力量和见识的人都被灭族。征服者制造出一片荒漠，这几乎可说是求败于人：在接下来的二百年中，亡国之地被反复踩蹋。

今天，这里仍然显示着印度教的维查耶纳伽尔在一五六五年被损毁的结局。这个地区的"落后"众所周知，看起来这里似乎不存在历史，很难把它和过去的辉煌甚至大战相联系，在废墟不远处形成的霍斯派特城肮脏破败，用于农耕的田野难有价值。

自独立以来，政府向这个地区投入了不少经费。通加巴德拉河上建起了一道堤坝，还有一项合并了古王国时期灌溉渠的大型灌溉工程（仍然叫作维查耶纳伽尔渠）。一个维查耶纳伽尔钢厂正在筹建中，一所大学已经开始建设，用以训练本地人在钢厂及随之而来的附属工厂任职。重点是对本地人的训练。因为目前这块曾聚集了出色建设者的土地上人力资源匮乏。本地区属于印度联邦中一个鼓励外来移民的邦，这里需要技术人员和工匠——需要会简单技术的人，甚至需要饭店服务员。余下的只是那些不能理解"变化"观念的农民。就像生气勃勃的维查耶纳伽尔庙外那些在废墟上占地而居的人，他们在破败的石墙间穿进穿出，像色彩斑斓的昆虫，在这个下雨的午后吵吵嚷嚷、无事生非。

此次到维查耶纳伽尔，站在宽阔的庙前大道上（它看起来已不像十三年前我初次造访时那么令人敬畏，当年那种对神话般的历史的直率言谈也消失了），我开始思考那上千年的侵略与征服注定要给印度带来的智力枯竭。发生在维查耶纳伽尔的事，不同程度地发生在这个国家的其他地方。在北方，废墟压着废墟：穆斯林废墟下是印度教废墟，穆斯林废墟上还有穆斯林废墟。史书历数着战争、征伐和劫掠，却没有关注智识的枯竭，更没有留意这个国家的智识生活是怎样的——这个国家对人类文明的贡献还是在遥远的过去完成的。印度人说，印度从征服者那里吸取经验，而且比征服者存在得更久。但在维查耶纳伽尔，在朝圣者中间，我想知道，是否这一千年来在智识方面，印度不总会在征服者面前退缩，是否在明显的复兴时期，印度不只是令自己重新变老，在智识上愈发狭隘且永远脆弱。

英国统治时代的这段悲惨的臣服时期，同时也是印度智慧再创辉煌的时期，印度的民族主义宣扬印度的历史，宗教与政治上的觉醒相互渗透与影响。但独立后的印度，其五年计划、工业化与民主实践都让这个国家产生了变化。在民族为之骄傲的"老"与允诺带来的"新"之间总存在着矛盾，这种矛盾最终令文明产生了断裂。

这次印度动荡的起因不在于外国的侵略与征服，而产生于国家内部。印度不能再以旧有方式应对，不能再退化到古代。她所借鉴的机制已经产生了借鉴机制的作用；但古代印度无法提供替代新闻、国会以及法院的东西。印度的危机不只是政治和经济上的。更大的危机在于一个受伤的古老文明最终承认了它的缺陷，却又没有前进的智识途径。

2

"印度会继续。"印度作家纳拉扬 [①] 一九六一年在伦敦对我说，那时我还没去过印度。

小说作为一种社会研究的形式，并不属于印度的传统，它伴随英国人来到印度，十九世纪末首先在孟加拉确立，然后传播开来。但直到二十世纪三十年代英国统治末期，才第一次有严肃作家在伦敦出版以英语写成的作品。纳拉扬属于最早的一批，也是最好的之一。他从没成为"政治"作家，甚至在风起云涌的三十年代也一样，他也不像独立后的许多作家那样，认为小说和所有的文字作品都是用来为自己树碑立传和向世人夸耀的。

纳拉扬关注的始终是一个印度南方小镇上的人，他一本接一本记述着那里的生活。他在印度独立十四年后的一九六一年说，不管尼赫鲁 [②] 之后政治如何动荡，他确信印度会继续，这很像他在写于英国统治时期的最早的一批小说里所表达的信念，那时他说，印度正在继续。在早期小说中，英国征服者如同生活中既定的现

---

①纳拉扬（R. K. Narayan, 1906－2001），印度著名英语作家，其小说背景屡屡设定在虚构的印度南方小城马古迪，刻画普通百姓如何在印度教追逐永恒的传统信仰与现代西方工业文明的夹缝中安身立命。其重要作品包括《英文教师》《宝典》《糖果贩》等。
②尼赫鲁（Jawaharlal Nehru, 1889－1964），印度独立运动领导人之一，独立后的第一任总理，国大党主席。

实，英国人走远了，他们的存在却依然隐藏在他们的体制中：银行、教会学校。作家深切思考着那些在底层继续的卑微生命：小人物，小伎俩，夸夸其谈，意义有限——一个如此受束缚的生命，却显示着完整和无损。这种渺小从未引发过思考，尽管印度本身常让人觉得广袤。

在一九七四年出版的自传《我的日子》里，纳拉扬为他的小说填充了背景。这本书尽管内容上比起系列小说有所扩充，但仍可被认为是其中一篇。它并没有在政治上进行探讨或给出结论。南方城市马德拉斯是英国在印度最早的基地之一，这个据点由东印度公司在一六四〇年向维查耶纳伽尔王国最后的遗民承租，纳拉扬在那里度过了他大部分的童年时光。马德拉斯所在的这个地区长期太平，与北方相比更加印度教化，伊斯兰化程度不高，有着七十五年的长期和平。纳拉扬说，从克莱夫①时代起，那里就不知道战争为何物。在第一次世界大战期间，巡游的德国战舰艾姆登号在某夜现身海港，打开探照灯，开始炮轰城市，居民"对漫天星斗的天空突然雷电大作的现象感到惊奇"。一些人逃到内陆。纳拉扬说这一溃逃"跟早些时候的一次迁移行动步调一致，那次海上突卷暴风，有预言说世界将在本日毁灭"。

纳拉扬童年的世界是一个自得其乐的世界，它把自己变成了

①克莱夫（Robert Clive，1725－1774），英国将领、殖民主义者，1757年率军占领孟加拉，为首任总督，1765年至1767年再任孟加拉总督兼驻印英军总司令。

一个预言和魔法的世界，远离重大时事，远离它能看到的政治可能性。但政治不请自来，而且以唯一可能的方式偷偷地同仪式与宗教相伴而来。在学校时纳拉扬加入了童子军。马德拉斯的童子军运动由安妮·贝赞特①执掌，她是个神智学者，对印度文明有着比多数同时代的印度人更高的理想；为了迂回地颠覆巴登－鲍威尔爵士②的帝国企图，贝赞特童子军以《天佑吾王》的曲调唱道："主佑我祖国，主佑我贵土，主佑我印度。"

　　一九一九年的一天，纳拉扬参加了一个从伊湿伐罗③古庙出发的宗教游行。队伍唱着"爱国歌曲"，高喊口号，然后返回古庙，有人在那里分发甜点。这项喜庆而虔诚的活动是马德拉斯的第一次民族主义骚动。纳拉扬没有提及的是，那其实是甘地领导的全印度抗议活动的一部分，甘地那年四十九岁，从南非回国三年，在印度还不太知名。纳拉扬很高兴能参加这次游行，但他的一个年轻而时髦的叔叔（印度最早的业余摄影家之一）却并不那么想。纳拉扬说，这位叔叔"反对政治，不希望我误入歧途。他把所有的统治者、政府和行政机关全骂作魔鬼，认为寻求统治者的更迭

---

①安妮·贝赞特（Annie Besant，1847－1933），英国社会改革家、费边社会主义者、神智学者，主张节制生育，曾在印度从事教育和慈善事业，并参与印度独立运动。
②巴登－鲍威尔（Robert Stephenson Smyth Baden-Powell，1857－1941），英国陆军军官，童子军创建人，并同其妹创建女童子军。
③即"自在天"，印度教名词，指有位格、有限的神。不同于作为绝对的、超然的、最高实在的梵天，是神的人格化。因此同一位神在不同教派中可成为不同的伊湿伐罗。

是毫无逻辑的"。

好吧，这就是我们的起点，所有四十岁以上、曾居住在殖民地的人，学会与臣服观念共生的臣民。我们生活在自己无关紧要的世界中，我们甚至可以假装这个世界是完整的，因为我们已经忘记了它曾经被打碎。动荡、不安和发展都在别处；我们这些战败的、远离时事的人生活在和平之中。我们在生活中成了被参观和游览的对象，一如在文学中。溃败而臣服，这使不同的地方变得相似。纳拉扬的印度及其殖民地体制很像我童年时的特立尼达。他对于这个体制的婉转看法也和我的一样。从他小说所表现的印度人的生活中，我发现了来自世界另一端的那个印度人社群生活的回声。

但纳拉扬的小说没有让我意识到印度的苦痛。作为作家，他获得了太大的成功。他的喜剧需要被置于严格的、规矩分明的社会场景中，他刻画直接、笔调轻松，尽管用英语来讲述印度风情，却很成功地将异域风情写得平易近人。我知道他虚构的小镇是一种艺术创造，所以在一定程度上是人为的、简化的现实。不过真的现实是残酷而迫近的。书里的印度似乎触手可及，现实的印度则始终隐而未现。要深入纳拉扬的世界，要获得他从印度的缺陷与渺小中所发现的秩序与连贯，要了解他的讽刺性认同并品味他的喜剧，就得无视过多的可见事实，去除过多的自我——我的历史感，甚至是最简单的人类可能性的概念。我并没有失去对纳拉扬的敬意，但我觉得他的喜剧和讽刺并不像它们所表现的那样，是印度对世界回应的一部分，我对这样的回应已不能认同。于是我渐渐清楚了一件事，特别是在这次游历中慢慢重温着纳拉扬一九四九年的小说《桑帕斯先生》的时候。那就是，由于书中所有的人格怪异的欢乐，纳拉扬的小说不再成为我一度以为的纯粹的社会性喜剧，而更接近宗教书籍，还常常是宗教寓言，而且印度教色彩浓烈。

斯里尼瓦斯是《桑帕斯先生》的主人公，他是个喜欢沉思的闲人。他做过很多工作——农业、银行、教育、法律，即印度独立前的那些工作，时间是一九三八年——最后全都辞了职。他待在家宅中（印度大家庭的宅子）自己的屋子里，担忧时光流逝。斯里尼瓦斯当律师的哥哥照料着宅子，这意味着他照料着斯里尼瓦斯和他的妻儿。斯里尼瓦斯有家，这一事实与他的年龄一样令人吃惊，他已经三十七岁了。

一天，斯里尼瓦斯正在屋里读《奥义书》①，他哥哥走进来说："你这辈子究竟想做什么？"斯里尼瓦斯回答："你没看到吗？人生有十项奥义，我要完成它们，现在是第三项。"但斯里尼瓦斯还是接受了暗示，他决定去马古迪镇创办一份周报。他在马古迪拥挤的街巷里租到一间陋室，洗澡只能用公共水龙头，又找了一

---

① 阐发印度教古代吠陀教义的思辨作品，成为后世各派印度哲学的依据。

个阁楼当报社的办公室。

斯里尼瓦斯现在入世了，他有了新的责任和新的人际关系：房东、印刷商、妻子。（"他自己都奇怪，在这些年的婚姻生活中他几乎没注意过她。"）但是他越来越清晰地意识到无为之美。"当他对市政或社会的缺点大加挞伐之时，一个声音一直在问：'生命、世界和所有这一切都在走向消逝，为什么要烦恼呢？完美与不完美都是一样的。为什么要真的烦忧呢？'"

他的这些沉思看似无聊，而且有种半喜剧性的效果；却把他推向了更深层的清静无为的境界。一天，他在小屋里听到街上一个女人卖菜的吆喝声，他先是好奇于她和她的主顾，然后则好奇于每天相遇或冲突的"人的巨大力量"，斯里尼瓦斯感应到"生命全景之浩瀚与广袤"的启示，于是头晕目眩。他想，神就是在这"全景"中被感知的。后来，他还在这样的全景中达到了一种美妙的平衡。"如果一个人能够对人性有一种全面的理解，那么他也能正确地理解世界：事物没有特别的对与错，它们只是在平衡着自身。"已经没必要干涉、没必要去做任何事了。有一天和妻子拌嘴之后，斯里尼瓦斯更是轻易地充分理解了甘地的非暴力主义。"所有形式的非暴力，无论大与小、个人与国家，都注定会在个人和社会两方面产生一种没有焦躁和纷扰的安宁。"

但这样的"非暴力"或"无为"要依靠社会的存续，依靠其他人的"为"。斯里尼瓦斯的印刷商关了门，斯里尼瓦斯的报纸也就不得不停刊。他通过印刷商（他就是纳拉扬小说标题中的桑帕斯先生）介绍，又成了剧本作者，参与了印度宗教电影的拍摄。斯里尼瓦斯从没像今天这样深入这个世界之中，他发现它喧嚣腐败。纯正的思想被弄得一团糟，性与闹剧、歌舞与南美音乐嫁接在印度教神祇的故事之上。印刷商现在成了制片人，他爱上了女主角。另一个艺术家也爱上了她。印刷商赢了，艺术家则发了疯。一切都混乱不堪，电影根本没拍成。

斯里尼瓦斯最后抽身而退。他找了另一个印刷商，又办起了报纸，而报纸已不是最初的那种玩笑。斯里尼瓦斯已经回归自身，回归了他沉思性的生活。有了这层保护（以及他哥哥资助他的卢比。总是卢比：卢比总是必需的），斯里尼瓦斯就将"成年"看成一种无聊的状态，没有纯真，没有纯粹的快乐，只有"商业价值"肯定着无聊的重要性。

还有那个因为爱、因为他与这个无聊世界的联系而发疯的艺术家。他得接受治疗，有个当地的巫师知道应该怎么办。人们把他找来，古老的祭祀仪式开始了，并将在对艺术家仪式性的鞭打中结束。斯里尼瓦斯想，这些部落成员可能都在公元前十二世纪出现过。但压抑的心情没有持续多久。想到最初的历史，他眼前立刻出现了印度几千年历史的幻象，以及在他们立足的这块土地上发生过的一切事情。

在这片原本是森林的地方，他看到印度教史诗《罗摩衍那》

中记载的一个故事正在上演，那本书部分反映了雅利安人在印度开拓定居的情况（大约公元前一〇〇〇年）；后来他看到佛陀安慰一位失去孩子的妇女时说："请从没有亡灵的家中带一把芥菜籽来给我。"还有哲学家商羯罗查尔雅[①]，他宣讲吠檀多[②]至印度各地，一次看到一只正产卵的青蛙在其天敌——眼镜蛇的庇荫中躲避日头，便建了一座寺庙。然后欧洲的传教士来了，同行的还有商人和士兵，以及街那头英国银行的经理席林先生。

"朝代兴衰，宫殿和楼厦时现时隐。整个国家在侵略者的火与剑之下垮塌，在沙拉育河泛滥时被洗净。但它总能够重生和成长。"与此相比，一个人发疯又算什么？"发疯一半都因为自己的行为，因为他缺乏自知，因为他背叛了曾给自己一片驰骋疆场的艺术家本性。他迟早会摆脱疯癫，展现自己真实的本性——尽管不能在一世，而至少是在几世之中……疯癫或健康、痛苦或幸福看起来都一样……在'永恒'的冲刷之下，没有什么是了不得的。"

所以艺术家在遭鞭打时，斯里尼瓦斯没有介入；后来当巫师要求把艺术家抬到一座偏远的寺庙、在门廊外放上一个星期时，

①商羯罗查尔雅（Shankaracharya，788－820），也称商羯罗，印度中世纪经院哲学家，吠檀多"不二论"理论家，认为最高真实的梵是宇宙万有的基础，著有《梵注经》《广森林奥义注》《我之觉知》等。
②古代印度六派正统哲学理论之一。《奥义书》《梵经》和《薄伽梵歌》是三种基本经典。根据对个人自我（"我"）和绝对（"梵"）之间的关系和同一程度的不同认识，发展出几种吠檀多派，对印度思想影响巨大。

斯里尼瓦斯觉得，艺术家在这期间是否得到照顾无关紧要，甚至是死是活都无所谓。"就算疯癫过去了，"斯里尼瓦斯在他的精神喜悦中说，"只有存在肯定着其自身。"

粗读历史，然后情感上认定印度的永恒和生生不息，随之而来的并不是对未来被打败、被毁灭的恐惧，而是一种漠然处之的态度。印度总会眷顾自身，个人不必承担任何责任。在这种广义的漠然中还有对朋友命运的漠然。斯里尼瓦斯得出结论，把自己看作艺术家的保护者才是发疯。

从甘地首次号召文明的不服从到小说所记述的事件，只过去了二十年。但斯里尼瓦斯觉得，甘地的非暴力已经蜕化，恰好与甘地的意图相反。对斯里尼瓦斯来说，非暴力不是一种行动的形式，不是一种社会意识的兴奋剂。它只是达成稳固与不受搅扰之安宁的手段；它是无为，是不介入，是社会中立。它融合了自我实现、身份真理的理想。这些听上去时髦并让斯里尼瓦斯在面对艺术家的困境时感到安心的词汇，暗含着对"业"①的接受。"业"，印度教迷人之处、安宁之本，告诉我们要在此世为上几世的所作所为付出代价。所以我们看到的一切都是公正平衡的，我们应该把眼前的苦难当作宗教的戏剧效果而细加品味，它提醒我们对自己、对来世的责任。

---

①佛教或印度教名词，称身、口、心三方面的活动为业，认为业发生后不会消除，将引起今世或来世的因果报应。

斯里尼瓦斯的清静无为混合了"业"、非暴力以及历史是宗教寓言之扩展的历史观，它实际上是普遍痛苦中的一种自爱。它是寄生性的，依赖着其他持续不断的活动：火车在跑，报刊在印，卢比则从别处送到。它需要世界，但弃绝世界对其他事物的组织。这是对尘世挫折的宗教性回应。

我们总是将自己的理念带到小说中去，认为小说必然会提供这些理念，我们在具有独特性或原创性的作品中发现我们希望发现的东西，并且拒绝或无视我们不想发现的东西。我感到吃惊。自己二十年前尚未到过印度，仅仅把特立尼达印度人社群的概念和阅读其他文学作品的经验带到了《桑帕斯先生》中去，我曾无视或误读了那么多东西，当时我只看到一个小镇生活的喜剧、一本流浪汉小说，并在书中神秘的叙事中悠游。

今天，在这个如"紧急状态"一样延绵不绝的雨季里，我在落着雨的午后断断续续地重读《桑帕斯先生》。我在孟买读，俯瞰着波涛汹涌的大海，以及英国人于一九一一年建造的"印度门"，其凛凛威风让头缠白巾的人群显得渺小；在乏味又暧昧的新德里读，目光穿过饭店积水的网球场，望着锡克族出租车司机在滴着水的树下搭起的营帐；在科塔"环行大楼"的天台读，神游于果园，在芒果树和香蕉树间，看到了为拉吉普特的大公们所绘的小型彩饰中奇花异果的原型，大公们的荣耀现已消失，他们的宏伟城堡现已废弃一空，无可卫护，他们的封地现在只是农田；在前英军驻地、南方的班加罗尔读，扫视阅兵场，它现在已是印军马球队的球场。在政治严峻的"紧急状态"中读《桑帕斯先生》，我从中看到了紧张状态必将降临于印度的预兆，它为挫折和退却（一人一座孤岛）而非独立与行动做了哲学上的准备，现在则分裂成两面，一面是希望得到保全与心安理得的欲望，一面是毁灭的需要。

摘自《印度快报》：

新德里，9月2日……在此间举行的第十三届"国家社会福利顾问委员会"主席及委员就职大会上，甘地夫人强调个人既是印度之力量所在，也是印度之弱点所在。它给了人民内在的力量，但也在个人和社会其他人之间蒙上面纱……甘地夫人说，如果没有观念更新的基本态度，任何社会福利计划都无法成功……"我们必须生活在这个时代。"甘地夫人说，她同时解释说这并不意味着"我们必须全盘清除"所有的过去。她说，我们必须了解历史，同时也必须走向未来。

责任与历史这两个概念本来无关，但在印度它们是相互纠缠的。甘地夫人的讲话可以当成《桑帕斯先生》的一篇评注。纳拉扬小说表面上的沉思与嬉笑、无目的性和"俄国味"都转而成了其他的东西，几乎表达了一种隐居哲学体系。这本我当成小说来读的小说也是一篇寓言，它对印度教的平衡观念作了一番经典阐释，此观念在外来文化、外来文学形式、外来语言的冲击中存活了下来，即使对那些新观念来说，它也无害且受欢迎。身份成了"业"的一个方面，自爱被非暴力的理想加固。

3

从字面上理解这个平衡（就像许多学者重点在印度教典籍中探讨的那样）是一回事，而在面对印度现实时深入其中则是另一回事。西欧与美国的嬉皮士们看上去似乎这么做过，但他们实际上并没做到。出于自负和精神厌倦（一种对知识的厌食状态），他们只培养出了道德败坏。他们的安宁很容易就变成惊惶。当石油价格上涨或国内经济动摇，他们打点行装就逃走了。他们投入的只是浅薄的自恋，他们恰恰崩溃于印度教的起点——对混沌深渊的认知，把悲苦当成人之条件来接受。

出于一种被磨损的人性关怀而不是嬉皮士或其他"热爱"印度之人所沉溺的感伤，一种模糊的理解才开始到来。只有在意识到这些的时候它才会到来：尽管独立以来做了那么多事，可永远不够，绝望变成了倦怠，行动的思想消退。这种意识我此次在比哈尔邦北部体验到了。比哈尔几个世纪以来都是印度文化的中心，现在却没有知识分子和领导者。南部是一片干旱、饥饿和洪水，北部则是水源丰沛的绿色土地，满是黄麻（像高芦苇）、水稻和鱼塘。

我去的那个村子里，四户家庭中只有一户有土地，四个孩子中只有一个能上学，四个男人中只有一个有工作。为了得到在工作一天后填肚子的那点钱，这个受雇佣却根本没什么技术的人，使用最简单的工具或者压根没任何工具，去做最简单的农活。童工由于比成人更廉价而往往更受欢迎。于是，在一次没人意识到的人口过剩期间（据村民们说，一九三五年的一次地震令人口剧减，而一九七一年的洪水再次让人口锐减），儿童被自杀性地使用，成了敛财之源，他们八岁之后就能做工，如果年景好，一月有十五卢比，相当于一美元五十美分。

这里一代代更迭很快，人力的新陈代谢轻易得如同他们用草、泥和席子搭窝棚（新时金黄，在风雨中很快就变为灰黑）。残酷已经不具含义，它就是生活本身。人们知道他们生下来是为了做什么。每个人都知道他的种姓和位置，每个群体都生活在从远古时代起便划定的各自的区域之内，贱民和拾荒者住在村子尽头。窝棚之上可见一幢布局凌乱的两层砖房，这家人曾经拥有这里全部的土地和劳力，其堂皇已不算是堂皇了，倒像是破败景象的一部分，像是从它曾崛起的地方被击垮。这家人现在丧失了大部分产业，但他们仍作为政治家掌控一方。没有任何改变，也不可能有任何改变。

在那天余下的乘车之旅中，比哈尔北部自我重复着：灰黑的窝棚一簇一簇；绿色的稻田茂盛而有着春天般的新鲜感，可以蒙蔽土地测量员，使得产量被高估；光着脊背的男人用长杆的一头挑着货物，弯曲的长杆在他们的肩上得到平衡，轻快、细碎的步伐显示着压力，这给他们带来了一种奇怪的女性的娇美感；尘土飞扬、陋屋聚集的小镇上超载的公共汽车，烈日下孩子们在泥塘里打滚、捉鱼；儿童与成人拍打着浸湿的黄麻秆，抽出纤维装上牛车，它们看上去像是女人盘起的浓密的浅黄色长发，华丽无比。对人类可能性的思考日渐减少，比哈尔北方看上去成了一个只会顾及眼下生活的世界。

这种倦怠感就像我几周前在西去八百英里的拉贾斯坦邦的班迪－科塔地区曾感受到的一样。如果说比哈尔北部看上去缺少知识分子和创造力，因而几乎没有行政管理可言的话，那么拉贾斯坦就是一个庞大的企业。在这片被沟壑切割和破坏的土地上，有水坝和大型的灌溉－改造工程。

二十年前的灌溉工程考虑不周，没有设计排水系统，也没有考虑土地的性质，所以工程造成了汪洋一片，盐碱成灾。现在则急于纠正。一位专员和他的副手们正全力以赴。技术问题可以解决。但在这个有沙漠城堡和封建王公、农民只知忠君不知其他的邦里，真正的困难在于人，不只是专员在行政部门看到的"各级庸才"，还包括此工程意欲造福的那些底层民众。如何才能让他们这些世代渺小、满足于把主子的荣光当作自己的荣光的人，在今天突如其来地学会去渴望、去有所作为？

专员的权力很大，但他不想专断，他希望能"体制化"。一天晚上，在电灯光的照射下（村里通电！），我们和辖区村民坐在"模范村"的大街上。街道未经铺设，村民为了迎接我们，很快在地面上铺了棉毯，地面因晨雨而变得松软，被午后的灼热烤得半硬，又被黄昏牧归的牛踩踏和施了粪肥。妇女们告退了，红色或橙色的拉贾斯坦面纱遮掩下的人中，很多只是小姑娘，她们自己还是孩子，却已经有了自己的孩子。我们和剩下的男人们一起，我们交谈，直到雨势再度滂沱。

这些拉贾斯坦人很英俊，很有自信。过了一会儿，我们才明白他们是农民，所知有限。农田、水、谷物、牛，话题由此开始亦于此结束。他们是模范村，所以考虑的也是他们自己。他们所需要的东西很少，我开始觉得自己关于村子发展的想法是幻想。除了食物与生存之外没有更多的雄心大志，尽管有个人说了他的奇思妙想：他想要个电话，这样不用跑很远的路就能知道科塔的粮价。

灌溉工程的问题不仅仅在于那些盐碱地、沟壑和夷平土地。真正的问题正如专员所见，是再造民众。而这不仅仅需要人有欲求，这意味着首先要把他们从自残性作业和特殊的浪费中带回来，这些浪费同长期的贫困都是与生俱来的。和我们一起的这些人直到最近还只割取甘蔗最顶端的部分，而让剩下的精华部分烂在地里。所以村民们这些关于肥料和收成的考虑，这些我开始断定只具有农民色彩的想法，实际上是一个不可限量的进步。

但如果说这个靠近飞速工业化的科塔城的模范村有了一些进步，我们第二天造访的班迪则又把我们带回落后中。直到这次旅行前，班迪和科塔这两座城市对我来说还只是它们美丽的名字，是拉贾斯坦绘画里两个相关而又迥异的流派的名字。班迪首先于十七世纪晚期达到了艺术的高峰。经过平坦的土地，呆板的稻田时而稀疏成为沼泽，从科塔出发，越过荒废的路段，发水的沟渠，偶经的人力车，一群头巾亮丽、迷茫地等待着公共汽车的农民，这时，山顶上的班迪城堡便出现在眼前，它巨大的城墙好像巨人之作，建造这个豪奢之物的人曾经有那么多东西需要守护。

古代的战争，英勇的搏杀，但通常仅仅是为了荣耀或当地某个特定王公的荣光，很少超越于此。如今堡垒已失去作用，宫殿也空无一人。一间昏暗、满是灰尘的屋子里还挂着老照片，以及维多利亚时期遗留下的小古玩。院子里整齐的小花园已然凋敝，而院子四周呆板的、装饰性的十九世纪班迪壁画已褪成了蓝、黄和绿色。内室避日，所以亮丽的颜色犹存，一些镶嵌物十分精美。不过，一切都在等待消亡。雨季的潮湿腐蚀着石灰，水从地下拱门的裂缝中滴下，腥臭的蝙蝠屎到处都是。

所有的活力都曾经荟萃于山顶的宫殿，而现在，活力从班迪消失了。这表现在宫殿下和山坡间破败的小镇上，表现在田野里，表现在这里的人身上，这些人比仅相距六十英里的科塔城里的居民更加消沉，更不能接受专员的观念，更加牢骚满腹。他们甚至没来由地抱怨，好像他们抱怨只因为人们希望他们抱怨。他们对于进取与绝望的嘲讽跟真实的失望或反抗毫无关系。这只是尊重权威的仪式性表达，表示他们对权威百分之百依赖。专员微笑着倾听他们所有人的声音，于是他们的激情消退了。

后来我们和"村级工作者"一起坐在一个女人家院子里的小树荫下。这些人是指挥系统的基层官员，工程的成功很大程度上依靠他们。早上的巡视已经证明他们并不全在恪尽职守。但他们并无愧疚之意，相反，这些人坐在绳床边上，打扮与他们的农民身份不符，而是一副长裤加衬衫的官员模样，他们大谈要求升迁、要求地位。他们与专员的焦虑、与他在这片土地上有所作为的想法相去甚远。实际上他们安于所知的世界。就像我们所在的这个院子的女主人，她从她的小砖房里拉出绳床给我们坐，而态度却稍有些傲慢，这是有原因的。她很幸福，觉得自己很有福气。她有三个儿子，这让她功成名就。

拉贾斯坦的侠义风尚已经荡然无存。宫殿空空，王公间的小规模战争已经无法记清年月，全都化为传说。剩下的就是游客能看到的：狭小贫瘠的农田，破衣烂衫的人们，窝棚和雨季的泥泞。不过，在这片凄凉景象中也存在着安宁。在世界萎缩、人类可能性的希望消失的地方，世界就被看成是圆满的。人类退却到他们坚不可摧的最后堡垒里，他们知道他们的身份，他们的种姓，他们的"业"，他们在万物体系中无可动摇的位置，他们了解这些如同了解季节。仪式标志着每一日的流逝，仪式也标志着人生的每个阶段。生活本身变成了仪式，任何超越这个圆满而神圣之世界（这种圆满感对一个男人或女人来说能如此轻易地获得）的事物都是空洞和虚幻的。

王国、帝国以及专员们主导的那些项目来了又去了。野心与动乱的遗迹散落于田野之间，它们中那么多遭到了毁弃，那么多还尚未完工就已改朝换代。印度告诉人们"有为"是虚妄的，游客们可能会为这些遗迹以及如今所有妨碍着专员们大展宏图的事物而感到惊骇。

但对那些持苦难哲学观的人而言，印度又提供了一种耐久的安然，其平衡，即《桑帕斯先生》的主人公所认识到的世界完美均衡的观念，是"由神来安排的"。只有印度以其伟大的过去，以其文明和哲学，以其近乎神圣的贫穷提供了这一真实。印度就是真实本身。于是对印度人来说，印度可以与世界其他部分相分离。世界可以分为印度和非印度。而正因为它表面所有可怕的现象，印度可以被毫不狡诈、毫不残酷地称为完美。不但乞丐这么说，王公也这么说。

4

　　想想这位大公，他在国家的另一端，与拉贾斯坦的城堡相距遥远。另一种景色，另一类植被，只有雨还继续下着。印度的王公们（其数量和种类之多，很大程度上反映了莫卧儿王朝崩溃后这个国家的混乱）在英治时代失去了实权。经过几代闲散的受束缚状态，他们只能在气派上显得与众不同。这是种虚假而黯淡的荣光：一九四七年印度独立，他们失去了领地；一九七一年，甘地夫人在没有遇到多少公众反对的情况下废除了他们的私人用度和头衔。而这位王公的权力仍在继续，他已成为一个活跃的企业家。但在他和服侍他的那些人看来，他仍然是一位大公。而他为头衔被废所感到的悲哀，以及他对尊贵地位的坚持也许更为重要，因为他曾经的领地确实非常小，这块占地几百平方英里的封邑是在三个世纪之前封赏给其祖先、一位走运的士兵的。

　　这位大公穿着带排扣的印度紧身上衣坐在晚宴的餐桌前，颇有些贵族的神气，餐桌中间用扎着玫瑰花束的雪纺绸装饰，几分钟前，我看出他是带醉意来参加我们这个禁酒的晚宴的。他主动发言说，他正"带着兴趣观察"印度民主制度的危机。印度需要印度式的政府，印度不是一个国家，而是几百个小国家。我觉得他是想逐步建立自己的独裁统治。不过他近乎自言自语的谈话更加狂放。

"是什么让一个国家团结？不是经济。是爱。爱和感情。这是我们印度的方式……你可以给我的狗喂食，但它不会服从你，它服从于我。这里面哪儿有经济？这是爱和感情……一九四七年之前，我统治这块领地二十八年，掌握生死大权。我能吊死一个人，而没人能动我一根毫毛……现在他们剥夺了我的荣耀和特权。我什么都不是。我和所有人都一样了……生死大权。但我仍然可以出去走动。没人会像射杀肯尼迪那样杀我。这不是经济。这是我们的爱和感情……你说的残酷在哪儿？我告诉你，我们在印度很幸福……谁在谈爱国？没必要爱国。把一切都拿走吧。荣誉，头衔，所有的战利品。我不是一个爱国者，但我是一个印度人。出去跟那些人聊聊。他们是穷，但他们不是没人性，像你所说的那样……你的人少来管我们。你少来跟我们说我们是蠢人。我们是文明的。你来的那个地方人们活得幸福吗？他们在英国幸福吗？"

我不由得肝火上升。我说："他们在英国很幸福。"他停下来笑了。他说得非常认真。尽管有点做作，但他相信他所说的一切。

他的封邑，或者说他曾经的封邑，颇为潦倒。只有宫殿（像套带花园的乡间别墅）和佃农。他所投资的开发项目尚未起效。

在一个下雨的早晨，我看见几个小童工用手归拢碎石，把它们拨到积水的小路上。花生是这里唯一的蛋白质来源，但佃农更愿意把他们的作物卖掉。他们的孩子发育不良，心智也不健全，那里已经有学校可上了，他们却未受教育，成为了当农奴的材料。

（但是不久之后，科学给了我另一种说法。以下摘自《印度快报》："新德里，十一月二日……昨天卡马拉·拉奥医生在印度医学研究协会发表'帕瓦德翰医生奖'获奖致辞时说，营养不良的儿童体内特定的荷尔蒙变化可以令他们保持正常的身体机能……只有体内过剩的和非本质性的部分才会受到营养不良的影响。那些营养不良的儿童尽管身材矮小，但如同'平装书'一样，既保持了原著的所有内容，又去除了精装本的非本质性部分。"）

这位大公曾到印度之外游历。他可以把他在外面看到的和他在自己封邑里能看到的作一番比较。但他没有看到这种对比的问题。印度之外的世界要以它们自己的标准来评判，而印度是不能被评判的。印度只能以印度的方式被体验。当那位大公谈到他的子民的幸福时，他并非做出了挑衅或是倒退的姿态。作为一个企业家，几乎可以说是实业家，他视自己为一个恩主。他谈论爱和感情时并非有意夸大，他需要爱，就像需要受到崇敬。他对他子民的情感是真实的，他对这片土地的情感则更甚。

宫殿几英里外荒无人烟、树林覆盖的山丘上有一座古庙。寺庙小而不显眼。其中的雕塑历经风雨，已经成了无法辨认的凸起和凹陷；庙里的蓄水池长满植物，芦苇丛生，宽大的石阶坍塌成了乳绿色的黏土。但寺庙对大公来说很重要。他的祖先们已把庙神奉为自己的守护神，其家族一直担任祭司。这是一处古迹，有它自己的灵验之处，整片地方仍然受到崇拜。印度不但提供给这个大公其身份证明，还提供了他与大地、与宇宙关系的永恒真相。

从能把印度与非印度加以区分的角度看，这位王公与我在德里晚会上遇到的一位中产阶级（可能很富有）姑娘很相似。她嫁给一个外国人，定居国外。这个"定居国外"可真了不起，谈到这点时，她看起来是在以印度的方式吹嘘，她把自己和印度其他人区分开了。不过对印度女人来说，跨国婚姻很少是主动行为，多是绝望或混乱之举。它导致失去种姓和社群，丧失在世间的位置，几乎没有印度人应付得了这些。

这个生活在印度之外的姑娘，对那里的社会和知识都极为无知。她缺乏评价自己身处的异国社会的手段，她生活在虚空中。她需要印度和它能提供的所有的安心，所以一有机会她就会回到印度。她说，印度并非没有不和谐，然后，没忘了吹嘘，她加了一句："我只和家人联络。"

如此安然！在世界变化之中，即使在紧急状态下，印度也纹丝不动，回归印度就是回归对世界深层秩序的认知，所有事物都被固定化、神圣化，所有人都安之若素。她就像一个梦游者，在两个相反的世界间来去无痕地游走。但孟买的街道一定会给她留下印象吧？她刚抵达时看到了些什么？

她神秘、坦诚而实在地说："我看到人们活着。"

第二章 土崩瓦解的世界

1

"印度会继续。"一九六一年，小说家纳拉扬说。对于那位继承其祖先之虔诚的大公、那位嫁到国外的姑娘、比哈尔邦和班迪相信"业"的农民来说，印度的确在继续，印度教的平衡仍被维持着。他们远离一九七五年的"紧急状态"，就如同纳拉扬自己在一九六一年远离政治动荡一样。

那时的纳拉扬五十多岁。生活在印度，在这个"小说"概念还属新生事物而鲜为人知的文化中，作为一个以英语写作、在国外出版作品的作家，纳拉扬不得不等待很长时间才获得了承认。在走出印度之前，他已人到中年，最好的作品已然完成，他虚构的世界也已建立。我在伦敦见到他时，觉得这次迟来的旅行似乎没给他带来任何震撼。

他刚刚出访完美国，很高兴即将回到印度。他说他需要再次在午后散步，置身于他所描写的角色中间。他对于文学本身并不那么感兴趣。就像他在《桑帕斯先生》里创造的那个主人公一样，他乐于将思考转向"无限"。在兴奋与成功之中，他准备以印度教的方式归隐。他说自己开始在一位大师①的帮助下阅读神圣的梵文典籍。看上去他与他的世界，与印度以及他从其中抽象出的那个虚构的世界相安无事。

但纳拉扬虚构的那个世界建造于独立前的二十世纪三十年代：宁静的印度南方小镇，小人物，小架构，有限生活与高度哲理性沉思的喜剧，实权则早已让渡给英国统治者，他们地处远方，在其中只有模糊不清的形象。但随着独立的到来，纳拉扬周围的世界变大了。权力临近了，人物也要求高大一些。纳拉扬本人得到了公认，可以出国旅行，尽管在班加罗尔（纳拉扬童年生活过的一个城市）那片红色的土地上，农民的生活一如既往，但班加罗尔城却逐渐成了印度的一个工业与科学中心。

纳拉扬的小镇不易与这个扩大的、焦躁不安的世界相隔绝，不能再被看作由他的幽默所完美地划出的一个终极而完整的世外

---

①指精通梵文、印度哲学、法律和宗教的印度婆罗门学者。

桃源。在一九六一年的信念后不久，纳拉扬心中就有了疑问。到了一九六七年的一篇小说里，他的虚构世界开始崩塌，其脆弱性终于暴露出来，而曾在《桑帕斯先生》中保持得如此自信的印度教平衡，现在则分裂为绝望。

这部小说就是《糖果贩》。它不算纳拉扬的杰出作品，但他是这样一位天生的作家，如此地忠实于自己的体验和情感，因此这部小说可说是了解今天道德迷茫的关键，就像我们曾经通过《桑帕斯先生》了解独立时期印度教姿态的贫困一样。《糖果贩》同《桑帕斯先生》类似，也是一则寓言，它大体上重复了之前作品的主题：进入"有为"的世界是冒险的，最终还是要退出。

糖果贩叫贾干，他是个富人，每天自家金库里都有明确的进项（印度的"黑钱"），不过他还是一个甘地主义者，一个追逐时尚的人，一个对纯洁怀有理想的人。他对顾客十分公道，只欺骗这个国家的政府，因为在英治时期，他遭受过警察的毒打，蹲过肮脏的大牢。"如果甘地在什么地方说该'无怨言地交纳营业税'，他就愿意听从劝告，但就贾干所知，甘地从没在任何地方提过营业税。"

（贾干究竟是一个关心国家政治屈辱的自由斗士，还是只是一个古印度教传统中的圣人门徒？印度教的伦理关注自我和自我实现，它有自身的社会腐化作用。贾干这种人有多少？他们只考虑甘地主义的虔敬和他们个人的美德，却嘲笑并破坏着他们自称为之奋斗过的独立！不过纳拉扬并没有提出这个问题。他只是拿甘地和交易税开玩笑，他站在贾干这一边。）

贾干是个鳏夫，有个十分宠爱的儿子。但这孩子生性孤僻，对父亲话很少。有一天他宣布自己完成了学业，想要当个作家。后来贾干发现，儿子用自家金库里的钱订了去美国的票，准备去上一所写作学校。贾干把失望吞进肚里，儿子走了。时光荏苒，儿子几乎没打招呼就回来了。他不是一个人回来的，还带了个女人，看上去是他妻子。这个美韩混血的女人在印度南部的环境中很惹人注目。他们有很多计划，需要贾干的钱。他们和美国人合作，来印度设厂，生产"故事编写机"。这是美国人的一项发明，而这对夫妇也像美国人一样，在没落的小镇上忙碌起来。

讽刺太辛辣，新来者太古怪。喜剧失败了，作家虚构的世界垮掉了，其原因与贾干的世界的垮塌一样：它们都是被外来因素强行干扰进而破坏的。冲突一个接着一个发生。儿子为没有电话而小题大做，他骑小轮摩托车（贾干则喜欢走路），说起糖果店来一派鄙薄之色。后来他又发现，儿子和那个女人并没有结婚，她不是印度人，本就没有种姓，贾干的世界里也就没有她的位置。所有的规矩都被破坏了，贾干非常失落。他现在看不到未来的景象，只能怀念从过去到现在的那些甜蜜的仪式：他的童年，婚礼，去寺庙朝拜。

他觉得自己家被"玷污"，最后退缩了。他对那对年轻人处处设防，他以"古怪的兴奋"寻求净化。他开始把糖果廉价卖给穷人，得罪了其他店主；他召集员工，给他们大声朗诵梵歌。最后他决定归隐，从镇上搬去荒野，与一个废弃祠堂毗邻而居。他散尽家财，去找一位雕刻高手（这人看上去就像是"从千年前来的"），完成一个未刻完的五面女神旧塑像，"神光照日"。

在他归隐之前，那个姑娘离开了。贾干的儿子因为无法实施自己的事业计划，决定让她走。之后，儿子因为在车上放了一瓶酒而被捕。根据禁酒令，他要坐两年牢。对贾干来说，这是最后的打击，倒不是因为两年徒刑，而是因为他的儿子居然喝酒。他向隅而泣，当然，他会为儿子付律师费，但他弃绝世界的决心比任何时候都坚定了。"一点牢狱生活对谁都无害，"他说，"我们有什么本事把他放出来或扔进去？"他去搭乘出城的汽车，踏上了归隐丛林之路。

于是，在高尚的美德作用下，贾干放弃了他的儿子，正如《桑帕斯先生》主人公斯里尼瓦斯被永恒的幻象"鼓舞"而放弃他的朋友一样。不过斯里尼瓦斯还仅仅是从商业的和"无聊的"世界中退却。贾干的逃避不同于斯里尼瓦斯的退却，也与印度教规定的平静的放弃背道而驰，印度教规定一家之主应该完成自己的责任、为继承者铺好路后再去投入沉思冥想的生活。这种放弃法则暗含着一个持续而有序的世界。贾干的世界混乱喧嚣，他的行为是绝望的行为，他含泪远离了它。

"整个国家在侵略者的火与剑之下垮塌……但它总能重生和成长。"在独立前的印度，《桑帕斯先生》的主人公就是这样看待印度的历史进程的：重生和成长是一种净化过程，一个反复循环的印度式奇迹，它只能在自我认识的实践中获得。而在独立的印度，重生和成长具有另外的含义，需要另一种努力。现代世界毕竟不能被滑稽模仿，或是像驱魔一样被赶走；田园牧歌式的过去无法重建。

班加罗尔，这是纳拉扬虚构小镇所在邦①的首府，也是印度的科技中心。在一九六一年，就是纳拉扬告诉我印度会继续那年，大概只有两位杰出的科学家在班加罗尔工作。今天，据说已经有二十位了。印度第一颗太空卫星（特意以印度中古时期的一位天文学家命名）就是在班加罗尔制造的。据说，这项科技成果比印度原子弹更了不起，更能显示出印度独立以来发展的科技能力。勤勉热忱的邦长出身于卑微的家庭，他把自己和他的家庭视为独立与印度工业革命的产物。他投身这场革命之中。他说，革命带来的变化是"根本性的"。

从班加罗尔出发，有一条五百英里长的高速公路，穿过德干高原，抵达位于孟买东部高原边缘的工业城市浦那②。高速公路上几乎没有小汽车，有许多牛车和大型卡车。卡车严重超载，轮胎

①指卡纳塔克邦。
②印度西部城市。

已磨得很光滑，经常翻车。但是跨过印度乡间的所有旧伤痛，工业化的车轮从未停止。变化实实在在地来到了贾干这样的人身边，他们的世界不可能再缩小了。

然而，对行政官员来说根本性的、迫切需要的变化，也可能被看成是侵犯。纳拉扬是一个听从本能、不做作的作家。《糖果贩》中平衡的缺失、对反讽的放弃，以及对"现代"文明挖苦之粗鲁，正说明纳拉扬感受到此种文明在印度给贾干这样的人带来的侵犯之深。印度教的世界最终竟然变得那么脆弱！外表看着如此稳固坚定，却轻易在一次来自内部的冲击下垮掉——儿子的自行其是。这位儿子已经了解了另一个更大的世界、了解了一种非印度教观念下的人类可能性，他已不再满足于成为俗流的一部分，不再满足于成为印度教绵延相续的一级。

一些反叛的姿态看上去似乎微不足道，比如骑摩托车、吃肉、饮酒，但对贾干来说，这些却事关重大。礼仪约束着意志，许多行为都是仪式性的，所有的姿态都很重要。正像纳拉扬想要表达的那样，一种反叛的姿态会产生一连串后果，很快它们就累积起来，反抗维系社会的虔诚与尊敬，反抗"业"。反叛一个如此脆弱的世界是那么容易，只需要放弃一种仪式！好像印度教的平衡需要一个小世界，那种纳拉扬早期小说里的限制性的世界，那里的人从不成长，言多行少，而且本性顺从，在所有事上都满足于由他人主宰。这个世界一旦扩大，便会土崩瓦解。

《糖果贩》哀婉而简约，它歌颂了贾干这一人物身上的纯洁和传统美德，这是一本困惑之书，其困惑正呼应着印度今天的大部分困惑。贾干不像生活在独立前印度的《桑帕斯先生》的主人公，他的确已经无可辩白，他的信条经不起检验。

一切基于其甘地主义信仰。我们经常会被提醒，贾干是个甘地主义的"志愿者"，是他那个时代的自由斗士。在一次示威中，他任凭警察把自己打得神志不清。这是甘地的精神，凭直觉即可得知，在什么地方，印度教清静无为的美德和宗教上的自爱可以转化为具有强大政治力量的无私行动。贾干任凭自己被毒打，他在暴力中找到对自身美德的佐证，此时他将自己看作一个不合作主义者，"为了真理而反抗英国人"。重点是为真理而战，而不是反抗英国人。贾干参与的是圣战，他有的是他的国家被涤清净化的想象，而不是重建国家的政治想象。

贾干赢得了这场战争。现在，胜利蒙蔽了他自身在尘世的腐朽（乘以一百万，这种腐朽就能把他的国家从独立领向另一种政治崩溃），他的甘地主义令自爱、追逐潮流和社会冷漠走向腐坏，贾干只寻求保持自己世界的稳固，其余则什么都不会。在这"尘世的冷酷"中获得纯净，在悲苦中获得安然——这就是他所要求的一切。当他的世界土崩瓦解，他无力回击，什么也提供不了。他只能远走。这是印度教的又一次溃败，像一三三六年的维查耶纳伽尔王国，像一九七五年在维查耶纳伽尔都城遗址间跪拜的朝圣者，像被镌刻并誊抄五千万次、为上次战争中被玷污庙宇的新偶像赋予生命的符咒。

贾干的溃败是印度教最后的溃败，因为它是从一个我们已知最终瓦解的世界开始的。实际上，这是一次向荒野的溃败，那里"现实自身的边缘正开始模糊"，这并非像贾干可能认为的那样，是向雅利安历史的回归，而是从文明与创造、重生与成长，溃败到魔法与咒语，是一次退化到非洲的漫漫长夜的过程，回到像刚果那种仍挣扎于原始时代的地方，在那里，即使阿拉伯人和比利时的奴隶贸易已经不复存在，往昔岁月仍然被当作"我们祖先的好日子"[①]而受人向往。这是文明的死亡，是印度教最后的坍塌。

2

"紧急状态"中有"清理整肃"。受管制的新闻界所集中关注的也在于此，而非政治危机。

那时，前斋浦尔[②]土邦主进了监狱，他被控犯有经济罪行，显然这桩案子没有迅速审结的希望。为搜寻未申报的财产，当局搜查了这个一度是统治者的家族在瓜利尔的宅邸。在孟买，政府官

---

①原文为法文。
②原为印度邦名，现指印度北方拉贾斯坦邦首府。

员、银行职员和商人们的公寓（报纸上把这类公寓形容为"豪华的"）被突击检查，面积被评估。在另外一处（用一种好莱坞式印度的笔触），人们发现一条以鸦片喂养的眼镜蛇（徒劳地）看管着四公斤黄金与金饰。所有地区，欺诈行为均告"破获"：外汇交易，走私，黑市，利用假生产单位获取钢材，稀少的铁路车皮被调到侧轨囤积居奇。

普遍的惊惶中，并非所有人都会失措。一个新德里商人（他的一个兄弟已被突击检查）听他的私人司机说名单里下一个人就是他，于是把所有值钱的东西都交给司机保管，后者此后就再无踪迹。一天又一天过去，受管制的新闻界不断发表关于搜查、逮捕、吊销和强制退休的公告。八月的第三个星期，单是走私犯据说就抓获了一千五百人。在这种不吉利的时候，一个新的豪华珠宝店在孟买奥伯罗伊－希尔顿饭店开张，在报上大登广告。权力部门立刻查封了店面，好像就在等着它开门一样。

这种专横的恐怖蔓延到上上下下：部门工程师伪造配货凭单，倒卖钢厂库存，营业税税务员收受一个小商人五百卢比的贿赂（合五十美元），铁路乘务员在餐车"非法"运米，邮差涉嫌偷开外国邮包。在这些年的动荡漂泊之后，印度得到了一时的安宁。

但这只是恐怖，是随着尽人皆知的政治危机而来的混乱。它无法建立新的社会道德框架，也无法承诺一个更加规范的未来。它只是强化了总是孤注一掷的印度教自我感，人们感到被外在威胁所包围，需要躲避和隐藏。在印度教上层观念中，"自我实现"可以有多种形式，甚至是尘世的腐败，其中没有人与人之间的契约观念。这对于经过千年的挫折和溃败的印度教来说可算是重大缺陷。现在社会分裂了，这才是新闻界真正在谈论的话题，而不是什么清理整肃、"紧急状态"，或是甘地夫人与反对派有权解决的短暂危机。

不管其直接的政治动机是什么，"紧急状态"只是让已经存在一定时间的分裂状态正式出现，这种分裂不能仅仅靠政治来解决。一九七五年，宪法被冻结。但在一九七四年的印度存在的是文明的不服从运动、罢工和学生骚乱，国家已经无法运转。政治问题确实存在，但这模糊了更大的危机。反对派所说的腐败与执政者所说的无纪律无秩序，其实都是道德混乱的表现，可以追溯到源头，追溯到独立之时。

甘地在为独立而奋斗时所尊崇的印度教社会，随着独立所带来的重生和成长已经分崩离析。一个记者说，麻烦（他称之为背叛）从独立后的第一天就开始了，那天，尼赫鲁总理入住前英军总司令位于新德里的官邸。但麻烦更多在于令尼赫鲁掌权的那场运动的本质。甘地如施魔法一般给予这个运动民众基础。众多像贾干一样只为投身圣战的民族主义者把国家推向了独立。众多像贾干一样对责任感到新鲜、缺乏国家观念的人——聚敛财富又心怀虔敬的商人、披挂甘地式衣冠的政治家——来拆独立的台。现在人们开始反对贾干们了，印度这才发现它已经不再是甘地主义的印度了。

这不奇怪：甘地主义的印度产生得非常匆忙。从一九一九年（马德拉斯的第一次甘地主义骚动以在寺庙里分发糖果而结束）到一九三〇年（伟大的食盐长征以大群有纪律的志愿者前仆后继地挺身接受警察毒打而告终①）的区区十一年里，甘地让印度对自己有了新的概念，同时也让世界对印度有了新的概念。在这十一年里，非暴力被塑造成古老而多面的印度真理，是印度教行动的终极源泉。现在甘地主义仅剩下标签和能量，而能量也变成了恶性的。印度缺乏它所需要的新的信条。这里不再有规则。受到太多的侵略、征服和掠夺，四分之一的人口永远是"不可接触者"阶层，人民没有国家，只有主子——这样的印度被再次发现是残忍的，充满恐怖的暴力。

在"紧急状态"前的一次演讲中，最受尊敬的反对派领袖贾亚·普拉卡什·纳拉扬说："危害了这个国家之完整的还不只是异议和争吵，更严重的是我们对待它们的态度。我们经常表现得如同野兽。在对待村庄宿怨、学生组织、劳动争议、宗教游行、边界纠纷或重大政治问题时，我们更倾向于表现得充满攻击性、野性和暴力。我们烧杀抢掠，还时常犯下更邪恶的罪行。"

---

① 1930 年，甘地为争取削减盐税，开展了抵制当局食盐专营法的非暴力不合作运动。其间成千上万人随行，掀起了全印度的不合作运动高潮。

骚乱的暴力可以自然平息，它可以就像现在这样，由"紧急状态"中的规定所控制。但还有一种更古老、更深层的印度暴力。这一暴力在外国统治时期未被触碰，也在甘地时代存活了下来。它已成为印度教社会秩序的一部分，它隐身于一个大舞台，消失在普遍的悲苦中。而在现在的"紧急状态"中，由于强调的是改革，是社会的"弱势阶层"，受管制的新闻界披露出的故事就好像发生在另一个时代。一个男孩因为无法偿还一百五十卢比（相当于十五美元）的债务，被村里的放债者抓去做了四年奴隶；九月，在南方的维洛尔，村里有种姓的印度教徒把"不可接触者"们的茅屋围起来，污染他们的井水，使他们被迫离村；十月，在西部古吉拉特邦的一个村子，发生了一次攻击苦力、洗劫其粮食的反"不可接触者"的恐怖行动；还有在某个北方地区"不可接触者"中的习俗：男人们为了给有种姓的地主偿还小额债务，将妻子卖到德里的妓院。

　　对古代的雅利安人来说，"不可接触者"就是"行尸走肉"。像他以前的改革家们一样，甘地努力让他们成为神圣的印度教体系中的一个部分。他称他们为"哈里真"——神之子民。这显然是一个语言上的巧合，他们至今仍是神的劣民。即使是在恒河岸边艾哈迈达巴德的"不合作主义学院"也是一样，这座学院是甘地从南非回国后亲自建立的，他就是在那里发起了伟大的一九三〇年食盐长征。这几天在"旅游发展公司"的资助下，晚上灯光照射着学院，早晨灯光则照着其中一座建筑，那是为"哈里真"的女孩们建立的学校。"落后阶级，落后阶级。"一个突然成了我导游的老婆罗门满心虔诚地解释，把这些女孩变成了敬而远之的东西。古老的暴力仍然存在，乡村里的"不可接触者"迫于恐怖以及故意制造的饥饿，仍然维持着农奴身份。这些在印度都屡见不鲜，却突然成了新闻。

尼赫鲁先生有一次评论说，印度的一个危险是，贫穷可能被奉为神圣。甘地主义中就曾有这样的现象。圣雄的简朴似乎把贫穷神圣化了，成了所有真理的基础，成了独一无二的印度的财富。所以在独立二十年后，它仍然或多或少地存在着。英迪拉·甘地夫人在一九七一年将贫困列为政治问题，她那一年的竞选口号即是"远离贫困"。而当时她的对手则进行着另一类战争，他们回答："远离英迪拉"。但此后印度开始快速发展。如今这里则在比赛着抗议。作为抗议的一个原因，印度神圣的贫穷一下子被视为永不枯竭的资源。看来总有另一种低层次的悲苦。

政府如今根据"紧急状态"的规定开始激进改革，颁布法令，废除几种农村债务。在比哈尔邦德罕巴德矿区恐吓矿工的两三百名放债人被逮捕。独立二十八年后，债务劳工被宣布为非法。债务劳工！十三年里我三次访问印度，总共待了十六个月，访问了这个国家很多地方的村庄，可我从没听说过债务劳工。班加罗尔《德干先驱报》的一篇社论解释了原因："制度如生命一样古老……在农村，奴役制度的实行已经达到如此精致的程度，以至于受害者自己都感到有义务保持奴役状态。"——业！

伴随着独立与发展，混乱与信仰缺失，印度正清醒意识到常常隐藏在稳定表象下的悲苦和残酷，以及它这样继续下去的能力。不是所有人都满足于维持原状。旧有的平衡已经不在了，如今一片混乱。但除了混乱，除了老印度教体系的崩塌，除了拒绝的精神，印度还正在学习新的观察和感受方式。

3

后甘地主义时代印度"新伦理"的代表是剧作家维贾·腾杜尔卡。他以孟买周围地区使用的马拉地语写作，不过他的作品被翻译成了其他语言。我在孟买时，那里正在卖他的剧本《秃鹰》的"印度英语"版本。书名已经说明一切：对腾杜尔卡来说，工业化的，或者说正在工业化的印度给小人物们（剧中是一个小承包商家庭）带来了商机，让他们释放了受贫穷压制的本能，破坏了旧有的虔敬，印度已经成了一块秃鹰集聚的土地。

又是《糖果贩》的主题：尊崇的终结，家庭的终结，个人为自己奋斗，社会混乱。但腾杜尔卡比纳拉扬更激进，他的印度是个更残酷、更有辨识度的地方。腾杜尔卡的议论也是非常印度教化的。跟纳拉扬一样，他也说失去了一种限制后将很快导致整个体系的瓦解，而纯洁只在与世隔绝的人们那里才会存在，不过对腾杜尔卡来说，本来也不存在纯洁的过去，宗教并不能提供退路。腾杜尔卡正因其无情而称得上是个浪漫主义者，在《秃鹰》中，与世隔绝的那个人是个诗人，一个私生子，一个局外人。

腾杜尔卡的印度与纳拉扬的明显是同一个，但那是一个已经变化的国度。世界敞开了，人们更多样化、更个人主义化，欲望横行。感受已被修正。印度不那么神秘了，腾杜尔卡的发现与其他地方的发现一样。

《萨哈兰·拜德尔》是腾杜尔卡最受欢迎的作品，在一九七二年的审查中给他带来过麻烦，那还是"紧急状态"前很久的事，后来这部作品以四种语言版本同时在孟买的四家剧院上演。《萨哈兰·拜德尔》的主人公是个底层种姓的工人，拒绝任何信仰，拒绝与社群和家庭的联系。萨哈兰完全独立，他的技术给了他物质保证，也给了他姓氏——他是一家印刷厂的装订工[①]。他不结婚（这点没有明说，不过他只能娶同种姓的人，继续被归类和抛弃），反而和他从寺庙或大街上救下的其他人的妻子生活（从这里可以一窥印度深切的悲苦）。萨哈兰并不温柔，也没有特别的禀赋，他对生活的全部坚持只在于当他关上与外界相连的门，待在他自

---

①拜德尔（Binder）原义为"装订工"。

己那两间房子里的时候，他是一个人。印度教对他来说仅剩对诚实的信仰和对一切可耻行为的拒绝。最后他也毁灭了，但他被当作了英雄。

在萨哈兰这里，我们远离了《糖果贩》中贾干之子的那种简单的叛逆，那种形式的叛逆可以被讽刺为非印度和仿西方的，萨哈兰的叛逆更为深刻，可以被立即理解，而且也完完全全是印度式的。在别处早已存在过的景况终于在印度姗姗来迟，印度不再那么神秘。

早些时候，腾杜尔卡获得一笔"尼赫鲁奖金"，这使他能够周游印度，为写一本发生在印度的关于暴力的作品搜集素材。关于此事的报道一开始看起来很让人吃惊，后来又理所当然，正是这条新闻让我产生了要见他的欲望。我猜他接近五十岁，比纳拉扬晚一代。他大腹便便，出奇的安静。不过这种安静是假象，他母亲在我们见面前几天去世了，而一个由他编剧的电影又遭查禁。他说他周游印度并没有固定计划，无论从前和现在都只是随性而行。他那时正调查着纳萨尔派[①]农民运动，那场运动寻求武力土改，在一些地方演化为恐怖主义，很快就被政府镇压下去了。他去过南方的特兰加纳区，以及东北的比哈尔邦和西孟加拉邦。

比哈尔邦令腾杜尔卡特别沮丧。他目睹了他怎么也不能相信

①印度主张通过农民武装斗争夺取政权的共产党人，因最初活跃于西孟加拉邦纳萨尔巴里地区而得名。

的事。但他并没有特别提及，似乎仍然为其所见感到耻辱。他只是说："人际关系是如此可怕，因为它们被受害者所接受。"新的词语，新的焦虑，即使对于像腾杜尔卡这样的作家来说，对印度的发现仍然如同对异国的发现。他说他周游比哈尔是乘船沿恒河而下的。他说，在这条印度教圣河上，他感受到的是安详，而不是岸上的恐怖。

所以，对安宁和退缩地带的渴求仍然（也许会永远）存在于印度的伤痛中。但人是不能轻易抛弃新的感受方式的。再不可能退缩了。即使是学院和圣人（他们有公务飞机，有公关人员）也不是以前的样子了。

"你得去浦那附近的那个学院，"一位从欧洲度假归来的帕西①女士在孟买的一次午餐会上说，"他们说你在那儿能看到东西方文化完美的交融。"

一个年轻人，人家向我介绍时说他是个"小名流"，这时以出人意料的愤怒之情说："那是个可恶的地方，到处都是到那儿纵情声色的美国女人。"

名流的脸上和体形上都有种发面般的质地，暗示了此人隐匿的性兴奋。他说自己是"最后一个堕落的资本家"，喜欢"肉体慰藉"。学院生活不适合他，除了在阿拉伯联合酋长国外，没有

---

① 公元 8 世纪为躲避穆斯林迫害而自波斯移居印度的琐罗亚斯德教徒的后裔。

哪儿比印度更容易赚钱。"有时在夜晚，我想过弃绝一切。而在早晨想到那些投机和操纵时，我感到奇怪，这些都有什么用呢？为什么停下来？"

这是半开玩笑的说法。现在印度人时常能够戏谑地谈及自己的旧理念。

戏仿，有时甚至是无意识的模仿。九月，德里《金融时报》在相关版面刊登了这样一封信：

> 人耽于享受就无法认识他存在于世的真正目的……一个绝对的真理是，厄运会教给人更好的一课，强其性情，塑其品格。换言之，一个全新之人必生于厄运，厄运帮助毁其自我，令其卑微而无私……长久的苦难打开人的双眼，让他憎恶从前过分热望之事，引领他最终达到顺其自然的境界。这启示我们，持续的渴望会给我们带来巨大的烦恼……但克己之念最不受人生沉浮的干扰。它就好好地存在于我们克制悲痛的努力中。这很简单。即使是在尘世的其乐融融中也要发展一种超然的态度。

这种文字是刊登在一家财经类报纸上的！但印度就是印度，这封信乍看十分印度化，是一篇印度－佛教不执理念的宣讲词。但作者却选择了一种艰涩的西方思路来写。大量语言是借来的，其态度也不像是印度教或佛教的。微笑的佛的形象众所周知，他额头上有一块代表超人智慧的隆起，他有一双具领悟力的长耳，颈下则有智慧的褶皱。但造像技巧上的变形没有脱离其人性。他的双唇饱满，两颊浑圆，还有双下巴。他的感官并没有萎缩（佛陀曾尝试并放弃了苦行的方式），他和感官之间是安宁的。拥有感官是他的安详和完整的一部分，也是这一形象持续两千年的基础。写信人提出的不是这样一种不为外界所动的精神，而是大为不同、更趋向于西方斯多葛主义的状态，是带着一些痛苦的听天由命——一个毁灭者的挽歌。

"贾干说：'为什么你抱怨这个国家的一切？它对四亿人来说足够好了。'他回忆起《罗摩衍那》和《薄伽梵歌》①的遗产，以及他在赢得独立的过程中的所有足迹和苦难。"这句爆发的话出自《糖果贩》。这种自我满足以不同方式表现，最常出现在无意义的回归真正宗教的规劝中，以及甘地主义的挽歌中，如祈祷轮的机械旋转。这种思想在印度已经过时很久了。但甘地主义有过辉煌的日子，今天不会再有对印度古老传统的简单断言。遗产存在，并将永远属于印度；但今天可以看到，这是属于过去的，是古典世界的一部分。遗产已被压制，印度教对大众并不够好，它暴露在我们面前的是千年的挫败和停顿。它没有带来人与人之间的契

---

① 即福者之歌，是印度教经典《摩诃婆罗多》的一部分，以对话形式阐明印度教教义。

约，没有带来国家的观念。它奴役了四分之一的人口，经常留下整体的碎裂和脆弱。它强调退隐的哲学在知识方面消灭了人，使他们缺乏应对挑战的能力，它遏止生长。所以印度历史总是一而再再而三地重复自身：脆弱、挫败、退隐。而且现在这里不是四亿人了，已近七亿。

不可否认，未被重视的亿万人已经成倍增长，现在正涌入城市。他们居住的非法营地被拆除，然后又被他们支起，每天在城市边缘、铁路沿线和工业高速路两边像潮起潮落一样发生。人口的密集，前进中的未知，与印度在一切问题上的那种琐碎的观念——古老文明的知识缺陷最终在这一"紧急状态"中显露，印度看不清前路，不能吸收和给予最终由变化产生的创造力。正是这些极大的不确定，由下而上的底层运动以及对这片触目惊心、布满未完成废墟的土地带有迷信色彩的恐惧，让一位专家在德里表示："看到你毕生心血化为尘土是件可怕的事。"他的妻子说："对中产阶级和像我们这样生活的人来说，一切都结束了。我们有一种命中注定之感。"

第二部　土地上的新主张

第三章　摩天大楼与分租宿舍

1

据说每天有超过一千五百人、约三百五十个家庭到孟买谋生。他们大部分来自乡下，一无所有，孟买没有留给他们空间。对孟买人来说，空间已经很少了。旧公寓房满了，新摩天大楼满了，机场路上是擅自占地的居民，他们狭小低矮的窝棚紧紧挤在一起。孟买的确过于拥挤了。这座城市建在岛上，其发展毫无规划。除了岛南端的城防外，开放的空地几乎已经没有了，拥挤的住宅和炎热的天气把人们都赶到现有的公共场所，通常就是大街上。所以说，生活在孟买就意味着总生活在人群中。白天大街上人满为患，晚上人行道上全是睡觉的人。

傍晚到晚餐的那段时间，在如今已经扩展到整个街区的泰姬陵饭店的一层，中产阶级和时髦人士（但很难说是富人，而且自然没有外国游客那么阔绰）在柔和的空调风的吹拂中，从饭店的商店与餐厅前招摇而过。这是一群优雅的、受庇护的人，饭店的车棚、剽悍的锡克族与廓尔喀族门卫、街道，以及停泊的车辆，将他们与外在世界隔离，外面有的是涌动在"印度门"附近、头缠白巾的更为稠密的人流，那里空气潮湿，阿拉伯海污浊的海水拍打着石阶，印度门下的鼠类并不是贼头贼脑的，它们轻松混迹于人群之中，在夜晚降临时就像小兔子一样顽皮。

节日期间的一些时候，光着身子、矮小而瘦削的潜水者或站或坐于海堤之上，等待什么人要他们潜到满是油污的水中。有时有小乐队（印度鼓和西方小号）为私人宗教仪式伴奏。夜深了，港湾里船火渐明，泰姬陵饭店的大堂隔着玻璃墙熠熠生辉。白色的人群（偶尔夹杂一件红色、绿色或黄色的莎丽）消散而去，这时，大道及饭店周围只有睡觉的人和乞丐，这里随时都会飞快地拥挤起来，在这里，饭店、灯光昏暗的公寓、商店、办公室和小工厂一个挤着一个，虽然有海，闷热的空气却总让人感到窒息。

这个城市需要穷人当帮手和劳力，却不为他们提供住所。一则报道说，孟买有十万人睡在街上，这个数字可能还是低的。至于乞丐，究竟有多少？是报纸上说的两万，还是它在另一天说的七万？

不管数字是多少，人们已经感到乞丐太多。乞讨作为宗教的某种戏剧性体现，其本意在印度教中是十分可贵的，它是"业"在起作用的明证，提醒着人们对自己以及来世的责任，但现在的乞讨已经失去了其本来价值。孟买的乞丐展露他异于常人的残疾（幼年时便被诱拐他的乞丐头目摧残，以证明年轻的乞丐在前世犯下了罪孽），现在却发现，他所激发的不是敬畏，反而是厌恶。忘记了自己的宗教功能的乞丐们同样纠缠游客，而游客则被误导，把整个乞讨行当与少数人的乞讨行为等同视之。乞丐们成了讨厌鬼和耻辱。太多的数量使他们失去了在印度教体系中的地位，也没有人管理他们。

在维贾·腾杜尔卡一九七二年的剧作《秃鹰》中，诗人斥责心肠温柔的弟妹给他端茶时"轻浮俏皮，像在施舍乞丐"。她伤心地回答说："我们门前并不缺少乞丐，我应该像对待你一般施舍他们。"不过这里对待乞丐的仪式性态度属于一个较温和的世界。孟买城里有议论认为，应把所有乞丐聚集起来关押并驱逐，把他们从视线中扫除，让他们滚蛋。更有甚者，上上下下都在议论说，要宣布封城，要发放工作许可证，要排斥新来的人。孟买与印度其他大城市一样，最终也开始感到自己身陷困境。

关于发放工作许可证和在城市边界设置关卡的议论都不切实际，而且人们也知道这一点。穷人已经占据并毁坏了城市，所有议论都只是为了发泄一种躁动与无助而已。这座印度－维多利亚－哥特式城市带着遗留下来的英式公共建筑和机构——有着大露台和宽敞板球场的大体育场，为帕西老绅士服务的有伦敦风格皮椅的里朋俱乐部（一幅维多利亚女王还是风韵犹存的温莎寡妇时的肖像仍然挂在秘书办公室）——这个城市不是为数百万穷人建造的。但是扫一眼城市的地图，它显示出在一段时间内，穷人们是被邀请来的。

孟买所在岛屿的中部，有一大片土地标注着"工厂、工厂、工厂"以及"宿舍、宿舍、宿舍"。工厂过去和现在都需要工人，而工人则居住或是被安置在这些分租宿舍里。这些纺织厂里，很多机器现已老旧，厂子早该迁移出去，这样孟买就能喘口气了。但厂区内的人群随时可以用来驱使，从而产生各种经济利益和政治利益。所以工厂还是会留在那里。

早些时候有人说要在大陆上建一个"双子城"，让工厂和人群迁出孟买。计划流产了，取而代之的是岛南端斥巨资改造的土地上拔地而起的庞大住宅楼：毫无景致可言的沙漠上毫无创意的水泥墙，以及未经铺设的道路上穷人们的窝棚和隔断，它们都是被新的发展规划吸引过来的。"就在此地……您享有女王之尊，"美国妇女协会最新出版的《孟买手册》这样介绍说，"您拥有仆人的梦想将实现。"这里没有收容穷人的住所，但穷人总是需要的，他们永远被呼来唤去，即使现在也一样。

所以，尽管孟买一天天都在被穷人腐蚀，但摩天大楼映照出的大都会风姿却仍令孟买看上去迅速地繁荣起来，特别是在夜晚，从沿海的公路看去很有戏剧效果：灯火通明的大楼包围着工厂区里集中的梦魇。

那里的马路很宽敞，中间由于车辆来往而黝黑干净，边缘由于行人行走而呈土色，即使是轻松的周日早上也是如此，真正的炎热和灼烧到来之前，交通尚未开始繁忙，热浪尚未在双层公共汽车褐色的烟雾中变得沙尘滚滚。这里已经能感到拥挤，到处是忙碌而修长的腿，在可见的临街破旧商店后和不可见的街背面，一股巨大的人流在涌动，他们走出来，来到开放处寻找空间。

这个地区初看像是世界上一个已然没落的所在。商业楼大而有型，不过，从临街一面所有的印度装饰看来（升起的太阳、代表幸运的印度－雅利安万字符、代表神圣的梵文字母"唵"），这些建筑物尽其用，为其中的居民服务。就像那些分租宿舍，在一些街上它们可被看作政治不那么紧张的年代里结实的城市公寓，不过它们实际上比表面要新，许多建造于二十世纪三十年代或四十年代，有的甚至更晚，和工厂劳工宿舍同期，那种宿舍是一家一间的标准，在二十世纪的孟买，城市就相当于农舍或"牧场"，相当于英国工业革命早期那些背靠背的工棚。

宿舍群一般四五层高，每层布局都是一样的：单个房间面向中间走廊，后面是公共厕所和"各种设施"。印度人的家庭关系错综复杂，可能八个人住一间屋子；屋子的"角落"或者地板上的空地还可能用来出租，就像陀思妥耶夫斯基笔下的圣彼得堡一样；人可以轮流睡觉。一间宿舍房间只是一个基地，宿舍生活是在开放空间里进行的，如在宿舍之间的空地上，在人行道上，在大街上。同一群人在较冷的气候中可以减少压迫感，可以分散些，还可以相分隔。但在孟买，这群人根本不可能分散。

不过，这样的宿舍还提供了一些设施。想成为一间宿舍的住户必须有确定地位。但在这个区域的边角缝隙中，总存在（就像整个印度也总是存在）其他更低等级的居住水准，在那样的地方，没有屋子的人只好自己给自己造。他们建立了占地而居者的聚居区，被剥夺权利者的殖民地。他们也像宿舍居民一样做了很多。在过去的十年里，由于零零星星的历史已经简化为传说，印度教体系已崩溃，他们实际发展出了一种新宗教，他们称自己加入了一支"军队"，湿婆军。"湿婆"不是湿婆神，而是十七世纪马拉地游击队的领导人湿婆吉，他挑战莫卧儿帝国，为孟买地区的马拉地人创立了一个长达一个世纪的政权。

马拉地人的政权大半毁于十八世纪印度的混乱动荡，这给了英国人一个轻易征服的帝国。但在孟买，人们从不议论此事。湿婆吉如今已经被神圣化，几乎是宿舍居民敬奉的战神。湿婆军表达了其教义，即把对物质荣耀的梦想转变为一种归属感，给无处可去者一点人类可能的理想。通过湿婆军所表达的这一宗教具有一定的力量。在泰姬陵饭店外新立起了一座骑马人像，他的目光越过印度门朝向大海，这就是湿婆吉。它象征湿婆军的力量，象征宿舍、人行道及占地者聚居区的力量，象征"紧急状态"宣布后才开始控制大街的街道住民的力量。孟买的商店招牌如果不是以两种语言写就，就一定会把它们的英文名字或称号音译为印度天城体①。这是湿婆军下令在一夜之间改成的，湿婆军的号召比任何政府法令都更有效。

湿婆军非常排外。他们说马拉地所在的这个马哈拉施特拉邦是马哈拉施特拉人的，还赢得了政府的妥协，规定百分之八十的工作机会应属于马哈拉施特拉人。地方政府认为，只要在孟买或马哈拉施特拉邦住满十五年就应被视为马哈拉施特拉人。但湿婆军却表示反对——只有父母是马哈拉施特拉人的才是马哈拉施特拉人。由于他们的排外，由于他们早年曾在孟买处决了几个南印度移民，也由于他们领导人的戏剧性（其领导人是个失败的漫画家，据说崇拜希特勒），湿婆军常被形容为"法西斯"。

但这只是个简化的外来词语。湿婆军自有其印度式前身。在早期，甘地发动独立运动前的时代，这一地区就存在着湿婆吉崇拜，独立后，大量"不可接触者"改宗佛教。对骄傲、不参与、重新整合的宣扬，就是这类运动在被剥夺与被侮辱者之中开展的形式。

---

①印度和尼泊尔的一种文字，用来书写印地语、梵语、尼泊尔语、孟加拉语等语言。

而湿婆军是属于今天的，如同它属于印度、独立后的印度，并属于工业化的孟买。同最近印度的其他运动相比，湿婆军比其中大部分都更正面，比如它绝对比现在被查禁的"安宁之途"积极，"安宁之途"鼓吹种姓、印度教灵性，以及通过暴力获得权力，所有这些与仪式性杀戮、伤害及同性恋（他们往往会说服有魅力的新成员相信自己前世是女儿身）纠缠在一起——尽管如此，湿婆军还是与其他运动一样主张不参与，不是不参与印度，而是不参与印度教体系，因为印度教最终已无法适应今天的形势，即工业化的孟买的形势。湿婆军是印度教体系重新发挥效力的一部分。人们不接受混乱；他们不断寻求再造世界；他们向外寻找能够被接受、同时也能适应他们需求的理念。

我们在星期天早上去了宿舍区的占地居民聚居区。外出到特定地点搭乘公共汽车，然后仍坐公共汽车。我有幸有位好导游。他是印度很少见的那种人，绝不仅仅因为他的职业是工程师。在他那里，专业技术和一个古老文明的雅量同时得到体现，他有哲学风格的头脑，他对国家状况洞察清晰，其关切又不是感性化的，对人则用以人为"人"的非印度教方式全心接受。

但他毕竟是工程师，而且比较实际，他看不出重建孟买、推倒分租宿舍和贫民区、重新安置工人的必要性。印度并没有这样的资源。都市化的未来已经到来，它就在那些贫民区、那些自发形成的社区里。权力部门可以增加或改善的，无非是服务、规章、治安。实际上，贫民区可被规划。只有这样城市贫民才能被吸纳进来。但贫民应被全部吸纳的见解在孟买并没有被全盘接受。在规划双子城时曾有一条计划，要给穷人三十平方米的建筑用地，这遭到了中产阶级人士的反对，他们有其社会理由（他们不想离穷人太近）和道德理由（穷人会卖了用地以获利，在以这样不道德的手段获利后，他们还会住在习惯居住的街上）。

工程师是孟买人，但不是马哈拉施特拉人，所以很难成为湿婆军的一名同情者。他能够在工厂区的占地居民中生活一个星期，每天早晨与他们一起排队等候打水、使用公厕，纯粹是出于他对解决城市贫民住宿问题的兴趣。他已经发现了一些简单而重要的事。公共洗涤区域是必需的，女人们会花很长时间洗衣服（因为衣服可能非常少）。私家厕所则不可实现。公共厕所（也许由市政当局提供）可以立即改善卫生状况，尽管孩子们仍然总是使用空地。

不过最重要的是发现了湿婆军控制的程度和特点。占地居民的聚居区，那种由泥、锡罐、瓦片和旧木板搭成的低矮棚户，可能会是在城市空地上任意移动的人类废墟，现在则有机会被紧密地组织一番。工程师暂居的聚居区，以及我们早上去的那里，到处是湿婆军的"委员会"，这些委员会像推行湿婆军政策一样热忱推动市政当局的自律规定，产业工人开始在他们的居住地要求实行类似工厂车间里的纪律。

湿婆军中产阶级的领导人可能会大谈战争的荣光或政治权力之梦。但在较低以及较为绝望的级别上,湿婆军又是不一样的:对社群的渴望,自助的理想,弃绝"弃绝"的人。"我爱城市生活。"甘地早年曾说,城市自律是甘地主义的主题之一,而印度却未能把它和宗教与独立运动联系起来,所以也没人追问这个问题。独立、工业革命和人口压力已经令城市需要这个课题迫在眉睫,现在则有湿婆军(像他们从前所做的一样)将城市需要仪式化。

公共汽车停了下来,我们正好在聚居区外。聚居区建在公墓之上的小石山上,公墓在雨季中一片苍翠,远处则可见孟买南部的白色摩天大楼。狭窄的入口通道两侧有公厕建筑和洗刷棚。公厕没有门,在水泥地面中央有条白色瓷砖铺成的水沟。这些公厕是新建的,工程师说,这些事显然是当地的湿婆军市政议员做的。在一个洗刷棚里,孩子们在洗澡。女人和姑娘们则在另一个洗刷棚里洗衣服。

入口通道故意弄得那么小,以阻挡马车和小汽车。进入后,空间突然奇缺。建筑结构低,非常低,小门通向狭小昏暗的单间,紧挨着的其他建筑看上去是商店,时常会瞥见有人躺在地面的绳床上。人及其需求全都萎缩了。不过通道是铺设完好的,两侧是水泥排水沟,排水沟也很新,如果没有它们,蜿蜒到山腰的通道将成为一条满是粪便的谷地。通道和排水沟在这个星期日早上看起来很干净。工程师说,这主要靠市政清洁工的"热心"。这里也有等级！贱民中的贱民——总在什么地方藏着另一个更低的人类等级。

聚居区中有八个湿婆军委员会的房间。我们去的那个位于主路。那是个窒息的、有波形铁皮屋顶的小窝棚。工程师记得本来是土地面，现在已是水泥地面；而墙壁原来就是砖砌的，现在已涂上灰泥并被粉刷。还有一幅肖像。有趣的是，那不是湿婆军领导人的，也不是湿婆军战神湿婆吉的，而是去世很久的安贝卡博士[①]的肖像，他是马哈拉施特拉地区"不可接触者"的领袖、独立后印度第一任司法部长、目前被搁置的印度宪法的构建者。像湿婆军这样近乎疯狂的群众运动把各种需要仪式化，这里的湿婆军崇拜一位（其杰出成就）被挫败的愤怒的人，这似乎和报纸上写的湿婆军颇为不同。

委员会成员都很年轻，二十几岁的样子。他们说，年长者对此并无兴趣，不得不将他们遗忘。而比他们的年龄更值得注意也更为触动人的是他们的体形。他们都很矮小，平均身高大约五英尺。几代人的营养不良耗尽了他们的身体和肌肉（尽管其中有一个人大概因其从事着体力工作而有着发达的胳膊和背肌）。

[①] 安贝卡博士（Dr. Ambedkar，1891－1956），出生于马哈拉施特拉的贱民家庭，曾去美、英、德留学，回国后从政，因受高级种姓者的歧视，转行成律师和教师。不久成为印度杰出的政治家和贱民领袖，创办代表贱民的刊物，并在立法会议中为贱民争得特别代表权。1947年任印度政府司法部长。1956年他宣布改信佛教，大批"不可接触者"响应号召放弃印度教信仰而皈依佛教。

领导人相貌粗糙，皮肤灰暗，几乎是黑色的。他是印度航空公司的技师，当时正穿着他周日的衣服，灰色裤子熨烫得体，合成面料的白衬衫下肚子微微发福，那是令人敬畏的大腹便便的初期迹象。迎入我们之后，他立即用印度的方式表达好客，低声吩咐一位助手："可乐。"顷刻间（无疑是从一家小商店里），两瓶常温可乐到了。又是一阵低语，过了一会儿，两个装饰着红色蔓藤图案的平底玻璃杯送到了，可能是从谁的屋里拿来的。

可乐是化学作用的产物，用来分析比用来饮用更合适。不过也不需要饮用，轻触一口就走完了过场。很快我们就出去了，沿通道而上，了解了这个小人国的完整性（一间小屋里居然有台用来印制电影传单的手动印刷机），眼前也时常豁然开朗。我们站在山腰边缘俯瞰我们甩下的用锈铁皮或芒格洛尔[①]红土瓦做的屋顶，或在墓园旁边眺望远处的摩天大楼在升腾的热气中愈发惨白。

委员会领导，那个技师，在孟买生活了十五年，其中十二年是在占地而居者的聚居区里度过的。还很小时，他就从农村来到这里，和某个熟人住一起。尽管他没具体谈论，只说他是住在别人屋里的地上的。他找到了一份小工作，开始去夜校"深造"。后来，他作为办公室小工进入印度航空公司，这是他的一大突破。这家航空公司是印度最不官僚化的机构，雄心勃勃的办公室小工受到

---

①印度西南部港口城市。

鼓励，成为技术学徒。

这种几乎是维多利亚式的自助成功故事跟着我们一路展开。但这种形式的自助只能发生在城市中，不管这城市多么可怕。如果这位技师一直没有跳出他那个村子，可能会一事无成，没有种姓，没有技术，没有土地，只能做个零工，也许还要受制于某个主子。现在，印航和湿婆军之间的空间给了他活力和目标。他说自己没有个人野心，也不打算迁出这个聚居区。接着，他带了一点夸耀，但也可能是真诚地补充，他要"服务人民"。瞧，这是我们应该注意的：委员会在通道中摆放了垃圾桶。他掀开一两个盖子，表示这些垃圾桶在被使用着。

但贫民区就是贫民区，垃圾桶就是垃圾桶。公厕和洗刷棚现在离我们远了，蜿蜒的小道不绝，空气窒闷，凝聚酷热，而在小山腰上，小人国的新奇烟消云散，我开始感到小黑屋就像一个巨大的黄蜂巢，大多不比盒子大，常常是地上仅有一张床，房屋之间时常有黑色的小污水沟，偶尔能看见虚弱的老鼠奋力爬上排水沟，潮湿的地方泥泞，垃圾堵塞的地方迅速泛起浮油。

今天是星期天，技师说，清洁工还没来。又来了！清洁工是下之最下。他们的存在以及他们对自己功能的接受，这印度特有的诅咒即使在这里也强化着印度人的信念，尽管委员会屋里挂着的安贝卡博士肖像已远在下方，这才是需要清洁的不洁之处，它引领我们看到了将遇到的可怕景象。

这里有八个委员会，初看之下对这样一个小聚居区来说似乎太多了。但八个显然还不够。聚居区里的很多地段由于各种原因——也许是内部政治原因，也许是人事冲突，或仅仅是缺少有心的年轻人——仍然没有委员会。穿过这些地段，我们一路无话，在喷涌的细流、烟头和弯曲的人类粪便之间择路而行。清理粪便是清洁工的事，在清洁工到来之前，人们都心安理得地生活于他们自己的粪便之间。

每个开放的空间都是茅坑。就在这样一个地方，我们面前猛地出现了一番地狱般的景象。两头饥饿的孟买街头母牛被拴在那儿，翻搅人类和它们自己的粪便；而现在，它们被两个饥饿的女人拉出这片沼泽，周围一片喧嚣，旁观者发出阵阵助威的喝彩，他们聚集在这个孤立、笨拙而狂乱的景象旁，如同聚集在粪堆上的圆形剧场里，受到惊吓的母牛和手忙脚乱的饥妇（她们凌乱而污浊的莎丽下是裸露的皮肤和骨头）每挪一步、每拽一下就更虚弱一分。在这里藏牛是非法的，而有通报说稽查员之类的就要来了。这是一出反复上演的戏：母牛是非法的，却是拥有它们的女人们唯一的生计，所以要经常被藏起来。如果逃脱及时，它们现在就将被藏到女人们住的屋里去。

通道弯弯曲曲，这一景象被甩到后面去了。我们从山的另一侧走下，很快到达一处有委员会管理的地域。我们经过一块空地，一个小方广场。委员会决意保留这块空地，技师说，但这需要警惕。

一个占地者的窝棚可能在一夜间出现，由于这里所有窝棚都是违法的，到时候要单单把那样一间拆掉可就难了。有一次，技师离开聚居区仅仅三天，一小块空地就被占用了。他们上诉要求拆除这个新建筑，但犯法者向委员会求情，最后出于怜悯，他们允许这间屋子存在。

我们现在回到了起点，山脚下的入口处，洗刷棚里满是女人和姑娘，一排公厕里满是小孩。贫民区生活在外面，在宽敞的主街道上，但从另一个方面看，贫民区生活也如同一幅田园牧歌景象，证明了某种可能性。

湿婆军的人送我们到公共汽车站。从那里看，小山又显得很小了，各式各样的屋顶，似乎一路盖下山来。技师说，聚居区已经满员了，他们不接受新来的人。非常偶然地，有时会有人离开，他的窝棚则可卖给外来人，时价大约是四千卢比，合四百美元。贵是贵点，但这个地段地处中央，聚居区里还提供各种服务。

中午的太阳灼热难耐，星期天空荡荡的街道微微发亮。公共汽车似乎总也不来，最后，一辆红色孟买双层巴士拖着热腾腾的褐色烟雾来了，其金属面的下部油腻腻的，满是灰尘，还有深深的水平划痕，奇怪的撞伤就好像被揉皱后又被抹平的锡箔。

回程经过分租宿舍，我们红色的公共汽车混在它越来越多的冒烟的同伴中，主路黑了，人行道活跃起来，电影海报提供着关于丰满女人与白雪皑皑的喜马拉雅山的幻想，商业大楼凌乱的、阳光照耀着的临街一面挂上了许多亮丽的招牌，经过工厂和烟囱，在充斥了更加都市化的广告（"极品黄油"）的城市高速路上奔跑，奔向摩天大楼和大海，那是在山腰上看到的白色高楼林立的孟买，而山腰似乎已远在天边。

2

当晚，在其中一座大楼高层举行的晚宴上，一个对许多事都满腔激愤的记者（他不愿在新闻审查期间写作，所以所有内容皆出于言论）谈到了身份认同的话题。他说，"印度"如今是一个没有意义的词汇。他三十多岁，是独立后的一代人，已然不知道自己是什么，也不再认识印度教神祇了。他的祖母参观卡杰拉赫或其他一些著名寺庙时能立即融入她所见到的景象，不需别人告诉她雕像的意义。记者则像个游客，他看到的仅仅是一座建筑博物馆。他失去了开启信仰与感受的整个世界的钥匙，他与他的传统之间被切断了联系。

开始，由于我早上的那一番短游，这场关于身份认同的谈话似乎只是臆想和自恋。孟买毕竟就是孟买，每个人都知道他们怎么来的，为何而来，从何处来。然而后来我觉得我对记者的判断存在失误。他的话并非发自臆想，他的痛苦是真实的。

"从前……"记者说，打断了餐桌上杂乱的交谈（一个女人毫无缘由地提到福楼拜，只为把他贬成一个不重要的作家；一个晕头晕脑、年纪轻轻却已发福的广告商突然活跃起来，同样无端地研究起能否将克什米尔那些有节制的乐子"卖"给波斯湾被太阳烤得干巴巴的阿拉伯人的问题）——从前，记者说，印度村庄自给自足、秩序井然。公牛牵犁，母牛供奶，这些动物的粪便滋养着土地，丰收后大量的秸秆被用来喂养牲畜、铺盖屋顶。那曾经是段好日子。但自给自足的状况没有延续，因为不久之后人口激增。"这不是件容易说的事情，"记者说，"但就是在那里，对个体的善意可以成为对族群的残忍。"

　　这句话解释了他的激愤。他思想中的印度是一个无法调和的印度。他眼中的印度看似广大，却只适应个人的需求——不管印度的大众，仅仅满足自己成为印度人、从属于一个拥有辉煌历史的泱泱大国的需要。这位记者是不可靠的。作为一个印度人，他并没有牢固地将印度视为一个生机勃勃的国家，一个能将数百万正在侵蚀城市的人纳入其中的国家。

　　尽管他是一个经济学家，游历广泛，擅长以发展和变化的眼光考虑问题，但在这位记者那里，印度的身份认同并没有发展和变化，而是固定的，是对他自身背景的理想化处理，是他感到刚刚失落的那段过去。和认同相关的是一套信仰与仪式，对神祇的了解，一种礼法，一个完整的文明。失落了过去就意味着失落了这个文明，失落了印度最基本的理念，对一个持民族主义思想的人来说，也就失落了行动的动机。这就是许多印度人所说的无目的感的一个方面，也是他们之所以怀念甘地时代的一个原因，那时印度理念是真实的，似乎充满了承诺，"道德问题"也是清晰的。

但这是中产阶级的负担，是被自身民族主义（在屈服的时代过去后）要求具有这类印度理念的人的负担。往下走，在城市的分租宿舍和占地者聚居区里，在被剥夺权利者中，需求则更为基本：食物、栖居之所、水以及公共厕所。身份认同在那里不成为问题，而是一种发现。湿婆军里的年轻人用他们简单的政策和英雄偶像（变成了战神的十七世纪武士族长湿婆吉，以及如今只有其神圣性堪称"不可接触"的二十世纪的安贝卡博士）正在实现身份认同。对湿婆军与他们所领导的民众来说，这个世界是新的，他们觉得自己站在事物的起点：不被接纳的人首次对他们的土地提出新的主张，在混乱喧嚣中形成了社群哲学和自助哲学。对他们来说，历史已死，他们把它留在了身后的村子里。

在城市里，他们的数量每天都在增长。尽管孟买已满，尽管许多像墓地上方小山上那样的占地者聚居区已经宣布关闭，他们还是每天都从乡村——这个不为人知、不为人识的印度——里走出来。

第四章 谷仓

1

那位带我去孟买占地而居者聚居区的工程师，同时也为浦那东南数英里外德干高原的合作灌溉项目工作。在几乎所有事务都等待政府发起的印度，像这样一个由几个农民自发组织的非官方项目，实在是值得鼓励的新生事物。有一个星期，我随工程师去那里参观。

我从孟买乘坐早班的"德干皇后"号商务火车到浦那同他会合。火车上没有空调车厢，不过在这个雨季的早晨，倒也无须把印度的沙尘挡在窗外。少数吊扇开着，很快就需要拉下铝框窗户以抵挡寒气。雨和雾弥漫在大孟买的内陆地带；大地上沼泽和新鲜的草地显然重新欣欣向荣；偶尔可见乌黑的工厂烟囱和分散的住宅区，它们似乎要在潮湿中腐烂；铁路旁边浸在水中的陋屋小镇，泥墙和灰色秸秆似乎要融化到未铺路面上的褐色泥坑里去。只有茶棚里裸露的电灯泡展示着某种清晨的喜悦。

但这时孟买消退了。沼泽让大地变得四分五裂，在凹陷的洼地，零星的沼泽被围成不规则的小块稻田。大地变得贫瘠，显现出高原上光滑的圆形山丘，黑色巨石被雨季薄薄的绿色覆盖，肥美的草在第一场雨下过后三天就长出来，给这些多石少树的山脉带来温带公园的景象。

孟买－浦那地区是印度工业化程度最高的地区之一，虽然从火车上看不出来。浦那位于山脉顶端、高原边缘，它是一座军事城市，这在英国统治时代以及更早的马拉地人辉煌时期就是如此。它还是绿意盎然、植被茂盛的假日城市，许多希望远离孟买海岸潮湿气候的人们会来到这里。而它同时也是扩张中的工业中心，没有丝毫的压迫感。我十三年前首次踏访这里，当时这里是一片不毛之地，而现在已遍布了规划良好的工业区。工业区中有再生林，据说降水量已经提高了。

浦那周围的高原有些地方现在已经像个新国家和新大陆了。它提供了一块整饬的空间，而这样的空间正是工厂建造者和机械制造商声称需要的，他们说他们在建设二十一世纪。在普遍的疑虑之中，他们的信心满满，步履蹒跚。但这就是印度：有为者总是满腔热情。工业化的印度与官僚、记者和理论家们的印度相距遥远。制造并使用机器的人（印度工业革命日益印度化了，越来越多的机器是印度生产的）为他们取得的新技术而感到光荣。印度工业与所谓世界其他地方的工业不同。它也有其可怖的一面。不过在印度大环境下，它并没有甘地所说的那种非人化倾向。在印度，工业生产中的一个职位不仅仅是一个职位。人操作机器，实践着对他们来说全新的技术，他们可以同时发现作为人、作为个体的自我。

他们是幸运的少数。在工业化前的印度，没有多少人能从无效劳动的局面中摆脱，那时人手多工具少，一项工作可以被分解成细小片段，劳动变得荒诞。斋浦尔城的清洁工用手把街面上的尘土归拢到他的手推车里（在这个过程中风又把尘土吹回地面）。妇女用拇指和中指捏着一小块布条，在顶层铺抹水泥之前清洗着拉贾斯坦邦大坝的堤道。她蒙着头纱蹲在那儿，几乎不动，然而就在眼前，为了挣着她的半卢比，她的五美分，她要用手指这样涂上一天——这工作只要一个小孩用一把长柄扫帚一扫就可以了。人们也不期望她做更多的事，她很难算是个人。旧印度不需要工具，不需要技术，只需要很多人手。

而且旧印度离新浦那的光芒并不远。宽阔的高速公路穿过松软的雨季绿野蜿蜒而行。班加罗尔在南方五百英里，不过我们要去的村庄只有几个小时便到。那里的土地不那么绿，更多呈黄褐色，显露着岩石般的地貌。雨季延长了，但水都流到湖泊里去了。从其中一个湖中引流并抽水入田。水管被埋在四英尺深的地下，这样在灌溉时不至于影响田中耕作，也减少了蒸发。现在还是一大清早，一天中的暑热尚未到来，在这下雨的季节，天空乌云密布，远山在灰色的湖上显得肃静青翠，热浪正从岩石间升腾发散。

在这个项目中，国有的农业银行向农民提供百分之九十的经费。一成是农民必须以劳务形式自行支付的，工程师已经计算出，每个农民需负担的劳动是一百英尺长的管道沟。沟的路线已经有了标记，在看似荒原的中间，尽管强风劲吹，岩石仍有如火烤，在向下延展至湖面的广袤景色中，一个农民与他的妻儿正挖着归他开掘的那一部分沟渠。

这人瘦小孱弱，胸部有病痛，显得很疲倦。他艰难地挥镐，挖得不深，时常停下来休息。他妻子披着短小的绿色莎丽，蹲在全是石头的地上，好像以她的到场来加油鼓劲，有时但不经常地用鹤嘴锄拨出男人撬松的石块，而戴着白帽的小男孩则站在女人身边无所事事。这就像米勒画中孤单而原始的劳动，不过这是在一块更空虚、更没有收获的土地上的劳动。

看上去，这似乎是一幅展现旧印度痛苦的画面。不过其中蕴含着那么多新的内容：当地以身作则鼓励农民考虑灌溉和更优良作物的农业热心人，合作背后的自助理念，提供资金的银行，具有社会良知、认为这样一个小工程有价值并每周从孟买远道赶来督导、建议并聆听的工程师。工程师说，想找到合适的人从城市里出来搞项目很不容易，他不得不招募并训练当地人当助手。

挖掘沟渠的工作在上一个星期已经开始。为标志那个时间，他们种了一棵树，距离石山顶上的古庙不远，村民说那座庙已有三百年历史了。庙宇走廊的柱子经粗略劈削而成，三层灯笼式穹顶由简单装饰过的厚重石板建成。人们以率真而随意的技巧处理石材，村庄看上去稳固坚实，经过多次重建。它在高原的荒野中就像活着的历史遗迹。旧的，甚至是古老的建筑风格（比如庙的灯笼式屋顶）混合了新的风格，墙上可以看见旧装饰石块上不相关的断片。

四条小路会聚于一个形状不规则的主广场。一座寺庙占据了两个角落，略倾向于广场空地的一边，有棵树长在圆形石砌平台上。等候早班公共汽车（奢侈！）的人在树下的石墙或寺庙前庭空地的石阶上或坐或蹲。前庭里只有一根柱子，显然已经很老了，上面有一些凸出的类似支架的东西，像个石仙人掌。这在马哈拉施特拉邦的庙宇中很常见，不过这里的人们同别处的人一样不了解它的意义。有人说支架是为掌灯用的，另一些人说是为鸽子栖息用的。柱子与庙宇一直在一起，它是历史的一部分，虽然无法解释，却是必需的。

邮局是当代的产物：一间赭石颜色的小屋，大招牌上清晰地写着红字。广场另一边，一块比较小的、更俗丽的招牌挂在一个昏暗的小门廊上。这是村里的饭馆，工程师的助手说，它已经不再值得推荐了。饭馆老板急于扩展其餐饮生意，曾经负责给一些村民提供水。那些穷得没钱的人就用粗面薄煎饼（一种未发酵的面点）付账，穷人用来抵账的这种薄煎饼与其说是面食，不如说是石头，野心勃勃但目光短浅的饭馆老板就在套餐里提供这种东西。结果他丢掉了所有工程师助手一日两次的订餐生意。助手们开始在灌溉工程办公室楼下的小屋里自己做饭。现在，一股无言的憎恶在平和的小广场上穿来穿去，而另一边的炊烟则时时升起，成了一种自立与鄙夷的信号。

公共汽车来搭载乘客，尘埃重新落定。上午将过，十一点左右，学生们出现了，男孩们穿着土黄色的裤子和白色衬衫，光着脚，头戴白色甘地帽，女孩们穿白色短衫和绿色长裙。学校在两层高的"潘查耶特"① 大楼里，位于通向广场的一条小街上的另一座寺庙之外，那座寺庙有条宽敞、光滑的石质走廊，撑起走廊屋顶的木柱安插在雕饰的石头基座上。到处都有雕饰，到处的门廊上都有雕刻。每一扇门外都挂着一个装满土的篮子或罐子，里面种上印度教视为神圣的罗勒。

即使没有灌溉工程，有所发展的农业也给村子赚来了钱。许多房屋在进行装修或翻新。在呈梯形的小街上，从一个铺着芒格洛尔红土瓦的崭新屋顶就可以看出，这是一座全新的建筑。占地

---

① 又称五人长老会，印度种姓自治政府中最重要的裁决和批准机构。按照字义，潘查耶特（来自梵文 panca，即"五"）由五人组成，但常常多于五人。

面积不大，很窄，只有前后两间屋子，厚厚的石墙上有架子和拱形壁龛。尽管房子很小，但光是屋顶就需要一千块瓦，每块瓦一卢比，这就是一千卢比，相当于一百美元。而离此不远的另一个人仅仅在他新家雕饰的木头门上就花费了这样一个神话般的数字，那座房子相对要大得多，而且已经完工了一半，石墙上已经立起了用新木做成的内嵌的架子，展示着木门的门廊上，精美切割的尖石已经挂在那里。在这片满是石头的土地上，木材特别珍贵，而即使在这样一块干旱饥饿的土地上，雕饰和格式仍被认为是不可缺少的。

工程师留在了他的办公室里。现在我的导游是"萨潘奇"，即潘查耶特的头头。他知道我对房子感兴趣，于是先带我去看他自己的房子。

萨潘奇身材矮胖，很显然没有洗脸刮胡子，头发却仔细打了油。他满嘴红红的，嚼着槟榔，身上肮脏的衣服穿得倒也恰当，一条脏兮兮的奶油色长袖衬衫挂在更脏的绿色条纹睡裤外，松松地打个结。这样的龌龊是经过深思熟虑的，其恰当性在于，任何略为优雅的企图都不仅是不必要和奢侈的，还是不虔敬的，会激怒如此眷顾这位头头、不想看到子民僭越其上的诸神。

村民都觉得这个萨潘奇得到了神降下的祝福，人们不信任他，惧怕他，嫉妒他是个发了迹的骗子。几年前他为一项合作灌溉项目集资。那笔钱直接消失了，谁都拿这事没办法。从那时起，萨潘奇的权力增大了许多，人们不得不向他表示友好，就像现在攀附在他身后的一小群死气沉沉的人。对任何一个能够察言观色的人，萨潘奇都炫耀其权力。这表现在塞满槟榔的嘴上，如果不狠狠啐上一口鲜红的唾沫，他难以开口说话。这也表现在他的肚子上，衬衫上一块格外显眼的污渍恰好遮掩住了它。长袖衬衫，睡裤下摆——这身后宫风格的打扮显示头头是个悠闲的人，或者是一个在某种程度上不事体力劳动之人。他其实是一个店主，他的店就开在他的房子旁边。

从街上看，两座房子似乎并不相连。商店很小，狭窄的前屋和货物尽收眼底。住宅则宽得多，前庭空旷，中间有个低窄的门廊。里面是中央庭院，被又宽又高又有遮盖的游廊包围。后面越过走廊，是荫翳避日的私室。经过满是尘土、毫无特色的小街来到这里，人们会大吃一惊，为这秩序井然的私家庭院，小空间内的戏剧性效果，古朴感和完整感，以及完美设计的建筑。

房子是古代风格的，这在许多古代文明里都很普通，除了屋顶的瓦和走廊的木柱外一概用石材建造。设计格局由几世纪以前传承下来，现在不需要添加什么。所有细节无一不在考虑之中。走廊的石质地板因为常年使用而变得光滑，它微微向庭院倾斜，好让水轻易排出。院边有拴动物用的铁环（尽管看上去萨潘奇并没有养什么动物）。庭院一角有蓄水的容器，一个坐落在方形实心石砌上的陶罐，这一布置让人想起庞贝城的客栈柜台。所有必需之物一应俱全。

边上的一条通道通向一处较小的铺设好的庭院。这个院子位于店面之后，在内墙上有英文书写的告示，表示已经抵押给银行，告示上使用的是"不转账抵押"一词，在这个场景里显得非常残酷。之后我们又回到了小街上。

我觉得这个萨潘奇一定是村里最重要的人物：他是一个财主，还是一个经常和银行打交道的人，作为潘查耶特的头头又算是个政治家和官员。不过这里还有一位更大的人物，他被称作"帕特尔"。萨潘奇只是个有钱的店主，帕特尔则是位地主，是村子里最大的地主。他拥有五十英亩良田，尽管人不是他的财产，但所有家庭的命运全仰仗着帕特尔。对这些人来说，他实际上就是主人。

好像突然受到公众委托，我们加入了同样突然出现的一队人，去参观帕特尔的房子。工程师再次和我们一起去，另一群人围在萨潘奇身边，他在我们出发时明显踌躇着后退。也许帕特尔就在人群中，很难说。匆忙中没有介绍，而缠着头巾的老人看着都像是操持土地工作的农民，没人特别显眼。

那座房子的确是村里最豪华的，有两层高，刷着油漆。明亮的油漆让门廊前雕饰的两只孔雀熠熠生辉。空心的前墙很厚。在这堵墙内（如同庞贝城里的一些房屋一样）有石阶通向上层，一个廊台就像地面上高高的游廊一样围绕着庭院。地板是踩实的土地，涂着泥巴与牛粪的混合物。我们由左侧进入，来到平台一般的高高的游廊，游廊里有两件家具：一张床，旧条纹床单上用天城字体绣上了村庄的名字，还有一个"现代"款式的新沙发，有全木的沙发脚，还有套着亮闪闪的蓝色合成纤维做的沙发套。西式沙发放在那样的传统房屋里，刻意营造出一种效果，它是财富和现代的象征，就像入口处的荧光灯管一样。

带床和沙发的那段游廊是接待客人用的。除非受到邀请，否则客人是不能越过游廊去庭院里的。高高的游廊入口右侧没有家具，只有满满四袋谷子，这是在这块多石而干旱的地方更为古老且更实在的财富象征，表示这里是殷实之所，是谷仓。谷子在太阳照射下的庭院中摊开晒干；两边开放的空间中有储藏谷物的柳条筒仓，筒仓看起来像巨大的篮子，有一人高，柳条如地板一样涂上泥巴和牛粪的混合物，以驱赶老鼠。

我们现在被当作客人而非官方参观者，受邀四处看看，我们走过晒谷子的庭院来到后面的厨房。房顶低斜，刚才庭院里阳光充沛，现在则很昏暗。左边有位妇女在做凝乳，她站在高高的陶罐上，用的是文明人使用的最原始的工具：将绳子在一根木杆上缠上双股，依次拉拽两头。这是古埃及木匠的钻孔法，也是十八世纪印度北部那些小型绘画里出现的搅拌工具，画面表现黝黑的克利须那神[1] 在苍白的挤奶姑娘中嬉戏作乐。在厨房的昏暗之中，

———————————

①即黑天，印度教三大神之一的毗湿奴的主要化身。

土制壁炉在右边散发着红光。对我来说这是种浪漫，而工程师则说屋顶上有个铰链式开口可以清除烟尘，保护女人们的眼睛。

我们的来访并不在意料之中，但厨房干净整齐，似乎就为了迎接检查。黄铜、银和铁制器皿在架子上闪闪发亮，锡罐则整齐地排列在下面。另一处现代性的、显示新时代特征的迹象是，墙上一颗钉子上，用皮带悬挂着一台晶体管收音机。

壁炉边的女人或姑娘有礼貌地起身，依照印度方式恭敬地合掌。她是帕特尔的儿媳。而始终未露面的帕特尔由于身份太显赫，不便亲自夸耀她的成就，于是留给他的其他崇拜者或是追随者们来做。其他人也的确传播着这位富人的儿媳的信息。她是个大学毕业生！别看她陷于厨房的昏暗里，俯身于烟火中，她是个大学毕业生！

厨房的后门通向后院，我们又来到了明媚的阳光和尘土之中，在村子边缘，多石的大地在眼前伸展。在印度，秩序乃至矫饰往往仅止于屋内。后院堆满了乱七八糟的东西，散乱地搁置着被扔出却又没有被丢弃的零零碎碎的家什。但即使在这里也有东西可以炫耀。离后门几步远的地方有一口井，这是属于帕特尔自己的，井壁很高，基座由水泥砌成，一条长长的井绳从一根加重的木杆（经过修整剥皮的树干）上垂下。帕特尔，这个真正的富人，有一口自己的井！他不用向饭馆老板买水，不用把谷子浪费在没人要的薄煎饼上，而且还有一样村里人没有的东西——一个户外厕所，茅厕！就在这儿，安全的距离之外。他或他的家人不必蹲在空地上！这简直是奢侈，我们站在那里惊叹。

我们再次进入有着谷子、食物和大学生儿媳（她还站在壁炉边）的房子，往回走，绕过庭院中晒干的谷子，来到前厅。我们爬上前墙中的楼梯，来到上层。这里正在重装地板。交错的木条铺在椽子上，上面再铺上泥，泥上又铺好薄石板，已经完工的地方看上去虽然是石头的，却很有弹性。

低矮的小门通向一处狭窄的阳台，在阳台中央一个类似壁龛的东西里，有被涂得闪亮的帕特尔父母的石雕半身像。这就是我们作为客人被带到未完工的顶楼来看的东西。雕像底下的天城体铭文写着，这座房子是帕特尔母亲的。村子将帕特尔当作富人和主人来尊崇，他则要当得起这种尊崇，他避免过分自傲，同时通过将尊崇之情前溯至祖先，使得尊崇本身变得更为稳固。我们所有人站在雕像前注视它，亮丽的色彩把肖像夸张到滑稽的程度——这就是需要做的全部，通过注视，我们表达了尊敬。

直到现在我仍不知道，在一起来的老人当中哪个是帕特尔。看上去那么多人在为他说话，以他的荣耀为荣耀。下楼时我问工程师："这座房子值多少钱？这是个好问题吗？"他说："这是个很好的问题。"他替我问了。这是只有帕特尔本人才能回答的问题。

正在下楼的帕特尔露面了，而且用回避问题的方式表现了他的尊贵。他回答说，如果上层地板按照开始的方式完工——木头、泥灰、石板——那么仅这一项就是六万卢比，相当于六千美元。而等到了楼下，把我们——他的客人们安排坐在待客的平台上套着蓝罩子的时髦沙发和铺着刺绣床单的床上后，他似乎就忘了问题其余的部分。

主人吩咐上茶，茶立刻来了。待在厨房后面的大学生儿媳很清楚自己的职责。茶是以印度方式沏成的，糖、茶叶、水和奶放在一起煮到黏稠，又热又甜。茶盛在有个缺口的瓷杯里，先敬给主客。我们细细啜饮，然后把茶杯还回去——帕特尔现在则极尽待客之道，把自己和热情的追随者们区别开——很快，茶杯又端了上来，在洗净后盛满奶茶，敬献给其余的人。

帕特尔坐在我们下首，在前厅里看上去和所有村民一样瘦削而满脸皱纹，缠着农民式样的头巾、腰布，穿无领衬衫，裹褐色羊毛披肩，所有这些都略微显脏，但大多是由于灰尘和汗渍，不像萨潘奇的衬衫和睡裤裤管是故意弄脏的。但当他坐在那里时，他不再隐而不现，而是一个建立了自己价值的人，是招待我们的主人，给我们茶喝的人（茶仍在被大声啜饮和献上），这座房子的拥有者。（他是在吹嘘新地板的价格吗？）这时，他的个性变得清晰了。满是皱纹的脑袋上那双细小而闪烁的眼睛，乍看去不过是农民的眼睛，时刻准备呈献那种并不诚挚的尊敬和谄媚，而现在则可以看出，那是一双惯于行使特权之人的眼睛，这种权威对于他及他周围的人来说，比从城里来的外人的权威更为真实，也更不虚幻。他的脸是主子的脸，他把别人，包括他们整个家族都当作仆人，从他们出生直到他们死去。

在谈到新地板的高昂价格时（仍然回避了房子价格的问题），他说他不相信借贷。其他人相信，但他不。他只有在有钱去做一件事情时才去做。如果他挣了一年的钱，那准有一些事情他觉得能做了。这是他一生的原则，他就是这样一年一年、一点一点地计划起了他的新地板。不过就像萨潘奇一样，也许比萨潘奇更甚，他几乎必然是一位放债者。我在那天上午看到的许多人都会向帕特尔借债。在这样的村庄，每月利息高达百分之十或更多，一旦借了债就再也无力还清。债务是村庄生活的一种现实，利息则是一种进贡的形式。

不过，帕特尔谈到借贷时也并不是言不由衷。这个场合有些特殊。我们是外人，他以招待我们为光耀门楣之事，而现在在大庭广众面前，他就像从前一样宣讲着他成功的智慧，使他鹤立鸡群的智慧。这种智慧令他的侍从们带着祈福的微笑、脑袋微微晃动着接受他的经验，即使此时他们很清楚，帕特尔的智慧未必适用于他们。

现在我们的话题转到了钱上，谈到了最近很是费钱的一些事，我们说到了电。前厅里有盏荧光灯，微有些歪，被一堆电线缠绕，它不能被忽略。五年前政府给村子通了电，帕特尔说，他认为村里百分之四十的人家现在都有电了。非常有趣，他也接受了官方习惯，说起了百分比而不是传统的数字。不过他给出的百分比似乎高了，因为连接费是二百七十五卢比，二十七美元多，这是一个劳工月收入的两倍，而电费竟和伦敦的一样贵。

电不是为穷人准备的。但把电力输送过高原并不仅仅是为了照亮村庄，其最主要的目的是发展农业。如果没有电，就根本谈不上什么灌溉工程。电力的重要性主要是对于那些有地可耕的人而言的。至于照明，仍然不过是好玩而已，即使在帕特尔的房子里也是这样。前厅里的荧光灯是整个房子里唯一的电器。家里还有油灯，而且显然是日常用品。

这荧光灯和为访客准备的亮闪闪的蓝沙发一样，不过是个摆设，是额外的现代品。百分之六十的村民没有电，村子整体的生活节奏和热带昼夜的节奏一样。十二小时光明之后是十二小时的黑暗；人们日出而作，日落而息；每天，时间永恒固定，黑夜以某种迟钝的状态降临村庄。

村子曾经一贫如洗，这样顺其自然地度过了很长时间。经过二十年的努力与投入，有了一些简单的东西，但这些对于日常生活而言仍是多余的，没有与之相配的需求。电灯、便捷的用水、室外厕所，帕特尔是全村唯一拥有全部的人，而其中只有水这一项被认为是必需的。其他的东西大半是为了炫耀，证明帕特尔的地位出众，不过由于敬畏神明，他仍刻意把自己隐藏在乏味与隐匿的农民外表下。

很有必要来这个村庄看看帕特尔和他的随从，了解一下这个质朴人物的权力本性，看看这样一个人，只要他想，就能轻易地挫败德里关于最低工资、取消不可接触者等级、取消乡村债务等等空谈。法律怎能执行？谁能当这个村子的警察？帕特尔远不只是个最大的地主。在这样一个需求仍很基本的村子里，家有谷仓的帕特尔是管理者，他靠习俗和赞同管理。他虔敬地把自己的权威上溯至祖先，这样的权威里几乎有着宗教的分量。

灌溉计划是一个合作项目。但村子并不是农业人口社群。它区分有地者和无地者，而有地者又分为主人和非主人。帕特尔是这里最大的主人。被他雇佣的无地劳工（现在正在他外面的地里）是他的仆人，许多人生来就是他的仆人。他对他们承担一定的义务。他借钱给他们，这样他们可以通过体面的仪式把女儿嫁出去；年景萧条时，他们知道可以仰仗他；在饥荒年代，他们知道可以求助于他的谷仓。这些人永远债务缠身，没有尽头，债务还将传递给子女。不过在某种意义上，有个主人是种安全。摆脱束缚反而是导致迷失的冒险。

帕特尔是进步的，他是个好农人。他是靠改善农耕（以及免收农业收入税）而致富的。而且他欢迎新的方式。不是所有拥有他这样的地位的人都能如此。工程师后来在我们重新踏上高速公路说，有的村子无法被纳入灌溉计划，因为大地主们不喜欢让多数人挣到更多钱的主意。帕特尔并不这样，工程师小心翼翼地不去冒犯他。工程师知道，没有帕特尔的合作，他在村子里将一事无成。作为一个工程师，他是来帮助提高粮食产量的，他保留自己对债务、仆人以及契约劳工的看法。

农村被像帕特尔这样的人编织的人际网络所管制，他们之间靠种姓和婚姻相联系。帕特尔的儿媳妇——未必真是大学毕业生，也许只是读了几年中学——可能来自另一个村子里如帕特尔那样的家庭。她也许是从一个谷仓挪到了另一个谷仓，除了在厨房里的传统职责，她还明白她在人际方面的职责。发展并不平等地涉及所有人。对一些人来说，发展让他们看见了一个新世界，对另一些人来说，则令他们更加受制于旧世界。发展增加了帕特尔的财富以及传统权威，它扩大了有地者和无地者之间的鸿沟。有着像萨潘奇、基层政客和官员这种人的支持并结交行政官员和大政客，帕特尔这种人现在掌控一方，办什么事都不能缺少他们。在村子里，他们已经成了法律。

摘自一九七五年九月二日的《印度时报》：

马哈拉施特拉邦首相 S.B. 查万先生星期一承认说，他知道农村地区的大地主们动用当地警力把贫穷的农民赶出他们的土地，特别是在收割季节。他补充说，似乎警察和地主们是使用合法程序达到此目的的。

在回浦那的路上，我们在一座神庙前稍做停留，那寺庙像一座莫卧儿堡垒，高高地坐落于黑色的山丘之上。残疾的儿童乞丐（其中一个女孩腿上刚被剜去一块肉）急忙涌到下层台阶上，摆出乞求的姿势。向上进入寺庙的路上都是染成橘黄色和红色的艳丽的小神龛，还有它们耐心的守护者；拱门接拱门，十八世纪的装饰性灰泥从砖墙上剥落；大小和年代不一的立柱；石级上，历代朝圣者以各种字体刻上的文字已遭侵蚀。在山顶起风的矮墙上，穿过莫卧儿拱门可以看见城中两个贮水池或水库（其中一个已经坍塌，空无一物），以及在多云的落日时分，雨季绿色的高原。

不过染绿了高原的雨水也在次日清晨令浦那郊区一片狼藉，一排停车棚和院子里的修车行泥泞不堪。繁忙的浦那－孟买公路建设粗糙，现在满是车痕与断裂。我们及时从高原下到平整而呈圆形的绿色山丘，山丘有如公园，雨水和氤氲的雾气对这里戏弄不止。在雨季的几个月中，这里是海边人们的度假胜地，而在其他时候则荒凉贫瘠，几乎连给牲口的牧草都难以保证。在我们启程的洛那瓦拉，一个牧牛人在雨中歌唱。我们先闻其声后见其人，他在一个山丘上赶牲口，上身赤裸，打着把大黑伞。当雨水斜着落下，他把伞拿到他一边，很难从牛群中认出他来。

土地虽然贫瘠，没有或者很少出产，但从来不是空荡荡的。从浦那一路过来，除了一些军事区域外，小聚居区星罗棋布，里面都是浸水的非洲式窝棚。这里是逃离村子的人的营地，受压迫而离开的人无处可去，只好来到这个紧挨公路、靠近城市的地方，以无易无。人们不但逃离了无地的境遇，也逃离了暴政，逃离了数千村庄中帕特尔与萨潘奇那样的人的统治。

2

在印度中央和西北部一些地方，受到压迫和侮辱的人可以逃到峡谷与深沟之中，成为土匪、不法之徒、草寇，由此形成较大的犯罪社群。他们被追捕，有时地区警方公报会在印度报纸上发表（"剿匪行动大获成功"，《突袭》，一九七五年十月四日号）。这是种传统；土匪首领或"土匪女王"几乎是民间的传奇人物。不过几年前出了件大事。几年前，在东北部的孟加拉邦①和南部的安得拉邦，发生了企图革命的悲剧。

这就是纳萨尔派运动。运动得名于它一九六八年的始发地，位于孟加拉邦偏远北方的纳萨尔巴里地区。这不是一次自发的起义，不是当地人领导的，而是外来的共产主义者所组织的。土地被没收，地主被处决。弱不禁风、半民粹主义的邦政府行动迟缓，

①全称应为西孟加拉邦。

警方甚至可能对此意见不一，于是纳萨尔主义星火燎原，尤其是在南部安得拉邦的大片区域。这时政府行动了。动乱的地区被保卫并被严加管治，运动瓦解了。

但运动持续的时间足以激起大学里年轻人的同情。许多人放弃学业成为纳萨尔主义者，这令他们的父母相当失望。许多人被杀，许多仍在监狱中。尽管现在运动已经夭折，但它仍存在于城市民众的记忆之中。他们并不经常谈起这个话题，不过一旦谈到，便会将其看作中产阶级（而不是农民）的悲剧。有人把它抬得更高，说印度在纳萨尔运动中失落了整整一代最优秀的人，受到最良好教育且最具理想主义精神的年轻人。

在纳萨尔巴里，过去已消失无痕，能回忆起来的不多。生活像从前一样继续，在这片绿油油的、看起来富庶的农村，许多地方尽管离喜马拉雅山不远，却会令人想到西印度群岛苍翠的热带景象。城镇是平常的印度农村小镇，摇摇欲坠、尘土飞扬，有小商店和小摊子，极为拥挤的公共汽车，人力三轮车以及马车。在经过精耕细作、灌溉良好的农田，感受过空间的广袤以及山麓凉意的切近之后来到这拥堵的街道上，便能感到这里人口的过剩。而这里的土地不同于印度其他地方，并不"旧"。这里本来是一片森林，直到上个世纪，英国人在此建立了茶场或"茶园"，带来了契约劳工。劳工们大部分来自偏远的原始社群，是雅利安人之前的原住民。

茶园现在归印度人所有，但没有任何变化。印度人的种姓态度非常适合农场生活，非常适合排外主义倾向的农场主俱乐部；而印度茶农，原住民中的俱乐部成员，已经接受了他们英国前辈的着装风格：衬衫，短裤和袜子，这几乎是一种种姓标志而不再是刻意模仿了。种茶工依然目不识丁、酗酒、潦倒，是一群缺乏组织的部落居民，没有传统，到今天甚至（就像西印度群岛的一些地方）连语言也没有了，他们始终是这片土地上的陌生人，不是住在兴起的村庄里，而是住在农场路边的简陋窝棚里（这点也和西印度群岛的老种植园一样）。

不是所有人都有工作。许多人只是偶然受雇，但这种当临时劳工的可能性已经足以让人们围聚在茶园里了。天亮时分，受雇者背着像在身上长出软壳的背篓，穿行于整齐的茶丛中，走在高高的雨林树（西印度群岛的树，这里进口来给茶树遮阴）的影子下，像某种受保护的动物，辛勤而又胆小，一阵急雨或工厂的哨声就能让他们匆忙逃窜，但总会回来张望。他们在一望无际的茶丛中采摘着，每次揪下一芽两叶，只有它们才能被发酵烘干并制成茶叶。茶叶是印度最重要的出口产品之一，是一项固定收入，可能有人会由此认为茶工是最有保障的农村劳工。而实际上，他们可算是最穷困潦倒、最麻木无知的人，尽管业主说他们现在对受到虐待怀恨在心。

不过革命在纳萨尔巴里发生，并不是因为茶工们境遇悲惨。

茶工实际上是被甩在一边的。纳萨尔巴里区被读了革命手册的人选中是因为它的地势：位于偏远地带，留存下来的森林地带又可以提供掩护。运动从这里开始，但很快转移了，并没有触及纳萨尔巴里真正的痛处，现在更是了无痕迹。

运动现已平息。但官方或个人的报复却仍在继续。印度报纸上仍时常会登出捕杀"纳萨尔主义者"的新闻。不过社会调查是不属于印度传统的，新闻在印度总被看作优雅的记录员，即使在"紧急状态"及新闻审查之前，印度报纸也很少去调查它当作新闻刊发的讲话、公告或纯粹的官方新闻。而且在如今的印度报纸中，"纳萨尔"这个词可以指代任何事情。

共产党人，或者与运动有关的共产主义组织，以他们自己的方式解释事件，他们有自己的词汇。他们偶尔会发布"农民领袖"被"处决"的报道。纳萨尔运动策略荒谬，是一次毛式革命的尝试。但这算是一次"农民"运动吗？革命是否成功地将复杂的理论传授给了那些几百年来习惯于尊崇主人、接受"业"之观念的人？或者是否鼓吹了更简单的东西？人有必要奋起行动。那么革命是否——就像一位共产党人记者告诉我的，印度革命应该——仅仅灌输仇敌观念？

马拉地语剧作家维贾·腾杜尔卡有种理论，和大多数印度人一样，他对纳萨尔运动的土改动机持同情态度，并以同样的态度探究此事。腾杜尔卡的理论是，在孟加拉邦发轫的纳萨尔主义已经混同于迦梨崇拜——迦梨，"黑色者"，本是原住民的漆黑女神，在印度教中得以保留，象征着女性的毁灭力量，她挂着人头骨项链，舌尖永远滴着鲜血，不停地接受祭祀却从不满足。据腾杜尔卡说，许多发生在孟加拉邦的杀戮行为都有仪式性的特点。毛氏主义只不过被用来解释这种祭祀。特定的人（不一定是有钱有权之人）会被视为"阶级敌人"。新加入者则以目击杀死阶级敌人、手蘸其鲜血的方式与迦梨、与纳萨尔主义结合在一起。

在早期，运动还只局限于偏远地区，显得很具革命性和戏剧性，加尔各答的报纸披露了令人震惊的杀戮细节，腾杜尔卡就是从这些重复的记述中察觉出宗教谋杀的固定形式的。不过随着运动逼近城市，报纸感到害怕，收回了对此的兴趣。这是一项任意谋杀的行径，现在参与者大多是少年，运动来到加尔各答，成为这个残酷城市的暴力的一部分，然后便消退了。善的动因在孟加拉邦总还是有的，但它在很久之前就在迦梨崇拜中丧失了。参与者渐渐绝望，生活之善被破坏了，旧印度又一次将人逼入野蛮主义中。

但这个运动所宣称的目标却激励着印度最优秀的青年。他们离开了大学，远走他乡，去进行为无地者和被压迫者争取公平的斗争。他们去参加的是一场完全不了解的战役。他们对解决方式的了解多于他们对问题的了解，也多于他们对国家的了解。印度人对印度仍然所知无多。人民不掌握信息。历史与社会调查以及与这种训练相伴的分析习惯，与印度传统相隔太远。纳萨尔主义是一场知识分子的悲剧，是理想主义、无知和仿效的悲剧：中产阶级的印度在经过甘地主义的大骚动之后，已经无力创造出自己的理念和机制，时时需要从现代世界里引介艺术、科学和其他文明的理念，也不知会造成什么样的结果。这次借用的是致命的东西——外来的革命观念。

警钟已经敲响，数百万人在行动。不论在城市还是农村，都出现了对土地急迫的新主张，任何无视这些主张的理念在印度都是毫无价值的。贫穷不再是感伤和神圣布施的动因，土地改革也不再寄托于宗教意识。像甘地一样，他毕生都独立于他所发动的政治运动之外，所以迄今为止，那些曾在独立的印度被当成政治和领导的，现在已经为不可掌控的百万民众所抛弃。

第三部　只有执迷，缺乏思想

第五章　洞察之缺陷

1

一八八八年十九岁时，已经结婚六年的甘地去英格兰学习法律。这是勇敢的举动。不是因为学的是英国法律——对于一个一八八八年的印度教徒来说，法律再陌生，与他的复杂习俗和巫术实践再没有联系，毕竟仍可以靠勤奋掌握，就像学习另一套印度教祷文一样——勇敢不在于法律，而在于远行本身。印度教的印度已经衰败了几个世纪，它仍然在陈旧和封闭中自我满足。甘地属于古吉拉特商人种姓，他们一度是伟大的旅行家，但现在种姓规定禁止他们出国。外国正玷污着神圣的印度教徒，而这一种姓中还从未有人去过英格兰。

为了让母亲放心，甘地发誓在海外绝不沾酒、肉和女人。不过这样的起誓并没有令所有人满意。种姓中一部分人正式宣布把这个年轻人逐出种姓。甘地虽然温和，但生性倔强。出于一个从未明言的原因（他实际未曾受过教育，更没读过一张报纸），他非常急切地想去英格兰。他开始害怕同种姓的人们会阻止他离开，于是比原计划提前两个月搭上了一艘从孟买开往南安普敦的轮船。

将近四十年后，已成为圣雄的甘地在自传《我体验真理的故事》中，是这样回忆那次伟大的冒险的（由其秘书马诃德夫·德赛翻译）：

> 我没有一点晕船的感觉……我根本不懂怎么使用刀叉……所以我从没在桌子上吃过饭，总是在船舱里吃，吃的基本都是我带来的甜点和水果……我们进入了比斯开湾，但我还没觉得需要肉和酒……不管怎样，我们到达了南安普敦，我记得那是一个星期六。在船上我穿的是一件黑色西装，而朋友送的那件白色法兰绒西装我一直小心保管着，留到上岸后穿。我觉得登岸的时候，白色的衣服可能更适合我，于是便穿了白色法兰绒登岸。那是九月的最后几天，我发现自己是唯一穿这种衣服的人。

这就是那次航行：一次内在的充满焦虑感和饮食问题的历险，对没有直接影响作者肉体或精神安逸感的所见所闻未著一字。精神内聚是强烈的，自我专注很完整。南安普敦就迷失在白色法兰绒衣服引起的尴尬（及恼怒）中。港口的名称被提到了一次，如此而已，仿佛名称就已经描述了一切。提到时是九月末，也仅仅因为那不是穿白色法兰绒的时候，并不是在提示天气。尽管甘地在英国待了三年，他的自传里却丝毫未提及气候或季节，与古吉拉特和孟买的炎热雨季如此不同的气候和季节，他下一次明确提到的时候，是他离开那天。

没有关于伦敦建筑的描述，没有街道，没有房屋，没有人群，没有公共交通。一八九〇年的伦敦是世界之都，对一个来自印度小镇的年轻人来说，伦敦一定令人叹为观止，但这个城市却只能在甘地不断的内心纷扰中被猜测勾画：他的尴尬，他在宗教上的自我寻找，他试图穿着得体、学习英国礼仪，以及最重要的，他对食物感到难以接受，只有偶尔满意。

埃德温·阿诺德爵士[1]因以诗体翻译《薄伽梵歌》而闻名，他倒是被提到了，但也仅仅是提及而不是被描述，尽管甘地一定曾为他着迷，何况这位诗人还花费许多时间，担任甘地在贝斯瓦特发起并在短期内负责的素食协会的副主席。书中有一段愉快的记

---

① 埃德温·阿诺德（Edwin Arnold, 1832–1904），英国诗人和记者，代表作为史诗《亚洲之光》。

述，是和一位来访的印度作家一起对曼宁大主教的短暂拜会。不过总的说来，英国人物是远离甘地笔下的伦敦的。他没有提过戏剧（有一次他参观了一所未提及名字的剧院，但讲述的却是一桩关于未进的晚餐的逸事）。除了曼宁大主教和伦敦码头罢工外，没有一句话提到政治和政治家。唯一一种从空隙中冒出、给人留下些许印象的人则都是怪人、神智学者和改宗的素食主义者。尽管他们似乎极为显赫（《素食者》的主编奥德菲尔德博士，"享有素食声誉的阿林森医生"，《饮食伦理学》的作者霍华德先生或称霍华德·威廉姆斯先生，清教徒及"泰晤士钢铁工厂老板"希尔斯先生），他们也很少被视为人或被赋予内涵。有的只是他们的名字，他们的地位（甘地一向对头衔非常注意），以及他们的信念。

之后，甘地突然间成了一名律师，在英国的冒险也结束了。像他当年急切地想到来伦敦一样，现在他急切地想要离开。"我通过了考试，于一八九一年六月十日被召至律师协会，并于十一日在高等法院登记。十二日我便启程回国了。"

然而奇怪的是，两年以后，又是一种对旅行的渴望促使甘地去了南非。他继续从事律师职业，本打算待上一年，结果待了二十年。英国曾是令他不安的，因为那不是印度。但在英国，甘地不再是一种依靠本能的生物，出于这种不安，根据自我寻找的结果，他决定当一个素食者和虔信的印度教徒。南非给他的是赤裸裸的种族敌意，而甘地则固执如常，无限加强了他作为印度教徒和印度人的身份。他是在南非成为"圣雄"（即"伟大的灵魂"）的，他作为印度社群的领袖，由宗教转向政治行动，再由政治行动返回宗教。历险从来都是内在的：从自传中体现出的就是这样。这也就解释了为什么甘地在讲述他在南非的二十年经历时会有一项最明显的疏漏——非洲人。

非洲人只在一次"叛乱"中转瞬即逝地出现过，当时，在六个星期的时间里，甘地领导一支印度救护队照料受伤的非洲人。他说他同情非洲人，对鞭打和无谓的射杀感到伤心，他说他不得不和那些该追究责任的士兵住在一起，这是一项考验。但这次体验并没有令他得出关于非洲人的政治结论。他转向内省，三十七岁时，他终于做出思考了六年的决定：许下印度教终身禁欲的誓言。其逻辑是这样的：要像他当时为非洲人服务那样为人类服务，就必须让自己拒绝"家庭生活的快乐"，保持自我在精神和肉体两方面的自由。于是非洲人消失在甘地的心灵探索中，他们只是一个誓言的起因，然后便消失了。

距此千里之外，在俄罗斯的亚斯纳雅·波里亚纳，托尔斯泰在他生命的最后一年谈及他曾效法并与之有书信往来的甘地："他的印度教民族主义玷污了一切。"这是一个中肯的评价。甘地把他的南非公社称为托尔斯泰农场，但托尔斯泰比甘地在南非的英国人和犹太人同伴、那些找寻真理的追随者看得更清楚。他的体验、发现和誓言只满足于他自己作为印度教徒的需要，满足于仇敌环伺中界定并强化自我的需要；它们并非普遍适用。

甘地的自我专注是构成他力量的一个部分。没有它，甘地可能一事无成，甚至连自身都会遭到毁灭。但自我专注总伴随着一种盲目。他在自传中提到的南非人自然要比英国人多，他们被赋予了各式各样的人性，事件也更多。但叙述方式是一样的。人们仍然只是他们的名字和头衔，他们的行动和信念，他们灵魂的品质——他们从没被当作个体描述过。书里没有任何客观看待世界的尝试。当事件聚积，读者就会因为缺少外在的世界而开始感到厌烦，当读者不再能理解或跟上甘地的信念，他就开始感到窒息。

从没有对风景的描述。也许我是错的，不过在漫长的"体验真理"中，我相信只有三处废话中提到了风景。一八九三年，在去南非的路上，甘地注意到了桑给巴尔的植物，三年后他短暂返印，在加尔各答上岸，"欣赏胡格利河的美"。他仅有的一次重要的对风景的体验是在四十五岁那年返印安居时去喜马拉雅山的印度教朝圣之地哈德瓦。"我被哈里什克什与拉克什曼朱拉的景色深深吸引，俯下头向我们的祖先致敬，折服于他们对大自然之美的感觉，折服于他们有远见，能够在大自然显现的美景中注入宗教意义。"外在世界只有在影响了内在世界时才算一回事。这是印度的体验方式，在甘地自传中是真实的，在其他印度人的自传中也是真实的，尽管其他人自我关注的内容更为贫乏。"我看到人们活着"——那位印度姑娘用这句话描述从欧洲归来后于孟买见到的人群，她是在尽力而为。她生活在印度的传统中，像一八八八年在南安普敦的甘地一样，她无法描述尚未被接受的事物。正如她所说，在印度，她只和她的家人"联络"。这个时髦的词汇使她能用一种现代口吻来自夸，但这个词汇也可转而被理解为一种对洞察和反应的传统性制约。能够被她转化成自夸的这种缺陷，正是那些圣人现在宣扬的"印度教智慧"的一个方面，他们鼓吹"冥思"，把世界解释成幻觉。

冥思和静修可以是一种治疗方式。不过也许真正的印度教极乐（迷失自我）对印度教徒来说更容易接受。新德里尼赫鲁大学的心理学家苏德尔·卡卡尔博士自己就是印度教徒，在欧洲和印度两地都有实践经验。根据他的说法，印度人的自我"发育不全"，"魔幻世界与泛灵论式思维方式靠近表层"，印度人把握事实的方式"相当浅薄"。卡卡尔正在写书，在一封信里，他说："总的说来，印度人和外在的真实之间的关系同西方人不同。在印度，这种关系接近儿童的某个特定阶段，那时外在世界尚未以分化、独立的形态存在，而是与人本身及其受影响状态紧密相关。它们本无所谓对错，是好是坏，是威胁还是报偿，是有益还是残忍，全都取决于其人当下的情感。"

卡卡尔认为，这种发育不全的自我来自印度人生命中烦琐的社会组织结构，而且这种自我适应印度人的生命。"母亲作为孩子的外在自我而起作用的阶段通常比西方人长许多，此后，许多与现实相关的自我机能也从母亲身上转移到家庭及其他社会组织中去了。"种姓和宗族不仅是一种团体，它们彻底地界定了个人。个人从来都不是自主的，他永远是其群体的一个基本组成部分，有着一整套规矩、仪式、关于禁忌的复杂制度。每个行为细节都受到规范——碗要在早餐前清洗，绝不能放在早餐后，要用左手而不是右手进行亲密的性接触等等。关系是有法可循的。宗教和宗教修习（"魔幻世界与泛灵论式思维方式"）将一切事物锁定在自己的位置上。对个人观察和判断能力的要求下降了，于是可能产生接近纯粹直觉的生命。

由此导致的对现实的儿童式认知，并不一定是幼稚的——甘地就是个反例。不过它的确说明，印度人沉湎于自己经验的程度在西方人中很少见。印度人更不容易进行反思和分析。印度人和西方人认知方式的差别在性行为上体现得最明显。西方男人可以描述性行为，即使在高潮时也能观察自身。卡卡尔说他的印度病人无论男女都不具备这种能力，他们不能描述性行为，只能说"它发生了"。

当世界稳固、个人安然，印度人就只是在活着了，而且他也置身于其他活着的人中。但是一旦失去家庭、宗族、种姓的支持，人就陷入了混乱与黑暗。一八八八年，不到十九岁的甘地从孟买前往南安普敦，那是一片丝毫找不到方向的海面。我和卡卡尔在德里见面时谈的就是甘地和甘地对英国的记述。甘地可能根本没法描述他到达南安普敦时的见闻，卡卡尔说：甘地一定过于强烈地专注于自己内心的混乱，过于努力地捍卫"我是谁"的观念。（卡卡尔是对的，在后面的自传里，甘地说起他在英国的第一个周末，那是在伦敦的维多利亚饭店度过的："住饭店可不是一次有益的经验，因为我魂不守舍。"）

卡卡尔说："我们印度人，在变化流动的外界事态与事物里，会利用外面的现实来保持自我的延续。"所以，人并不主动探索世界，他们甚至为世界所界定。就是这种消极的认知伴随着"冥思"、对无限的追求以及迷失自我的极乐，它还伴随着"业"和印度人生命里复杂的组织结构。一切都锁定在一起；人不能在他人外孤立存在。如卡卡尔所说，印度的体制不适合讲究个人主义和果断的西方式"成熟个性"存在。这无疑也解释了为什么在修习学院里，印度人在神性交流的气氛中显得十分活跃，而西方同道（如同在印度其他地方的那些嬉皮士）看上去则乖戾而不自在。

一个活跃而繁忙、充满了激情和斗争的国家，是不太容易理解这种消极的认知方式的。但是，它是理解印度在知识方面少有作为的根本要素，才识的平庸普遍被视为理所当然，这是这个拥有世界第二大人口的国家最令人吃惊和沮丧的事实，这个国家现在对世界贡献很少，只有其甘地式的神圣贫穷概念以及循环上演的圣人们的狡狯喜剧，这个国家为其文明的源远流长感到自负（也仅仅是自负，没有知识和学识），现在却以实用的姿态依靠着别的文明，而且对那些文明也是一知半解。

最近一部出色的小说既让我们接近了印度的自我观念，又不过于令人困惑。小说叫《祭礼[①]》，作者是四十四岁的大学教师U.R.阿南塔默提。小说的主题是一位婆罗门对身份认同的丧失，它证实了苏德尔·卡卡尔所说的大部分观点。小说以印度南部的卡纳达语[②]写成，书中的印度并没有被过度诠释，也没有被修饰或简化。小说如今获得了全国性的成功，被改编成一部电影并获了奖；英译版（由诗人拉马努扬翻译）在一九七六年的头三个月在印度最好的报纸《印度画报周刊》上连载。

小说中心人物是一位所谓的"阿查雅"，即一支婆罗门社团的精神领袖。这位阿查雅在幼年时就认定自己是"善人"，这就是他的本性，他的"业"，他依前世安排而所成之物。在这位阿查雅的理论中，没人能成为善人，他要么本来就是，要么就不是，而"愚人""黑暗之人"是不能抱怨的，因为根据其本性，他们无论如何也无望得到救赎。遵循本性中的"善"，十六岁那年，阿查雅娶了一位十二岁的瘸腿女孩。这是他的牺牲行为，那个瘸腿女孩则是他的"祭牲之坛"。直到二十年后，这种牺牲行为仍然令他感到快乐、骄傲和慈悲。通过每天（甚至是在她污浊的月

①指印度教徒从受胎至死亡各个阶段所举行的个人净化祭仪，或指印度前三个种姓的人从受胎至结婚所举行的十二种阶段祭典。
②属印度达罗毗荼语系。

经期）伺候那位又瘸又丑的女人，他越来越接近于救赎，他想："我成熟了，准备好了。"这位阿查雅，他的牺牲，他的善，以及长年研究棕榈叶经典所带给他的宗教智慧，如今令他声名远播。他是"吠檀多的王冠宝石"，吠檀多则是最高级的智慧。

然而在婆罗门社团中有一个堕落的人。他喝酒，从寺庙的水潭中捕捉圣鱼，和穆斯林厮混，还养了一个身为"不可接触者"的情妇。他不能被逐出社团。一个原因是出于慈悲，慈悲是阿查雅善的一个方面。不过另有原因。堕落的婆罗门威胁说，如果被驱逐，他就去做穆斯林，这种改宗行为会回头传染乃至破坏整个社团。这个邪恶的婆罗门现已死于瘟疫，接着就发生了一场危机。社团是否应该举行一次最后祭仪？只有婆罗门才能为另一个婆罗门举行祭礼。但这个死去的人的婆罗门身份能被认可吗？他生前曾诅咒过婆罗门品质，那婆罗门品质是否离开他了呢？社团能否举行祭礼而不污染自身？能否由另一个较低等级的婆罗门阶层来举行祭礼？（他们希望这样的要求是对那些人的抬举，他们之间的婆罗门界限有时可以交叉，他们感觉如此。）但这样做是否会令社团名誉受损？因为他们竟然让一个低等级的团体来为自己的成员举行祭礼。

这些是那个阿查雅，那个王冠宝石和善人需要解决的事情。事出紧急，天气暑热，尸体正在腐坏，秃鹰们就在周围盘旋，瘟疫也有扩散的危险。对日常食物十分讲究的婆罗门们感到饿了，尸体没有火葬之前他们无法进食。

但是阿查雅无法迅速想出解决的办法。他不能仅仅按照他的内心和他的善行事。死者的身份问题——是否是婆罗门，是社团成员还是贱民——不是一个道德问题。这事关玷污，因此也事关律法和圣书。这位阿查雅不得不依靠典籍。他和其他人一样，不知道棕榈叶经典对此是如何规定的。但查阅经典要花时间。瘟疫蔓延，一些不可接触的贱民死了，不经仪式便在自己的窝棚里火化，婆罗门因为饥饿和焦虑而快要发狂。经典没有给阿查雅任何解答。

阿查雅知道，自己智慧的美誉现在濒于险境，在危机之中，他意识到了这种仅存的个人虚荣。但必须要有所决断，而且必须正确。阿查雅只好转而求助于巫术。早晨，他走进猴神的庙中，仪式性地清洗了真人大小的偶像。他在神像的左右肩上各放了一朵花。他确定了神灵回答的方式：如果右肩上的花先掉下来，社团就为死者举行祭礼。可是神灵没有给出回答。在炎热的天气里，阿查雅祈祷和烦恼了一整天（他瘸腿的妻子已经染上瘟疫），可没有任何一朵花落下。于是，生平第一次，这位善人阿查雅对自己产生了怀疑。也许要祈求神灵回答，他还不够资格。

晚上，他精疲力竭、备受煎熬地离开神庙，前去照顾妻子。在树林中，他遇到了死者的不可接触者情妇。她表达了对他的关心，她一直崇敬阿查雅的慈悲，这令她产生了一个想法，自己应为阿查雅生一个孩子。她的乳房碰到了他，而他被那个瞬间所笼罩。半夜醒来，他以为自己重新成为了母亲怀中的孩子。不能说他这是堕落或犯罪。这些词显得太主动。就像现实生活中苏德尔·卡卡尔的病人，性爱的瞬间就这么发生了。"这是个神圣的瞬间——此前什么也没有，此后什么也没有。这个瞬间生成从未有过的存在，随即又离开了存在。此前无形，此后无迹。在其中，具象，瞬间。这意味着我绝不承担和她做爱的责任，不为那个瞬间负责。但那个瞬间却改变了我。为什么？"

这样的推论很奇怪，但这是阿查雅眼下的危机：不是罪孽，而是突然间对自己的本性产生神经质的不确定感。早先的危机已经消退了：夜里，情妇在一位穆斯林的帮助下把死者火化了。阿查雅则带着他的新烦恼离开了。他究竟是一个善人，还是毕生实际上另属于一个"凶暴"的世界？人是其现在所是，是由他们的前世所塑造的。但是人如何才能知道他的真实本性，他的"形"？

"我们通过自己的抉择塑造自身，把形与界线加在我们称之为人的东西上。"可是究竟什么才是他界定自身的抉择呢？是长期的牺牲和善，还是无法理解的性爱瞬间？他不知道；他只觉得自己"失去了形"，本人就像"一个着了魔的早熟胎儿"。他再次被缚在了"业"之轮上，他不得不重新开始，重新决定自己的本性。在此期间，他就像个幽灵，断绝了与社团其他人之间的联系。他失去了神，失去了善的途径。"就像一只小猴在母猴于树枝间跳跃时没有抓住母亲的身体。他感到他没有抓住，并从他始终秉持的祭礼和行为上坠落下来。"因为人不是由自己塑造的，所以信仰、信念、理念或自身完善都不是问题所在。只有认识自我的愿望，才能让人回归印度教直觉生活的极乐："活着，仅仅是活着。"

他如今已失形，他的妻子死于瘟疫，这一死，刻意牺牲的行为就突然中止了。阿查雅决定流浪，放任双腿随意漫游。这的确是一项试探自己对世界的反应的考验。可以说，他在用一种被动的方式尝试给自己界定新的"形"。其他人如何看他？农民还认为他是婆罗门吗？其他婆罗门会认为他是婆罗门，还是个骗子？在乡村集市上，他是否会被女艺人、汽水摊和咖啡摊的污浊、斗鸡这样的低种姓娱乐诱惑？这是个"庸俗快乐的世界"，黑暗的世界，"充满欲求、复仇和贪婪的魔鬼世界"，在纤尘不染的婆罗门世界和这样的世界之间不存在折中之道。他周围都是"有目的的目光。目光流连于物……沉溺。欲望与满足的统一体，同源同生"。人被世界所界定，他们被自身所能暴露出来的污浊界定。

阿查雅被吓坏了，他觉得自己正在"从幽灵变为恶魔"。但他仍然神经质似的继续考验自己。他的种姓之罪增加了，他明白了，通过将自己暴露于污浊，他本人也成了污浊之物。他下定决心，要回到社团去承认一切。他要告诉他们他和死者的贱民情妇之间的性历险，他去过公共集市，他要告诉他们，尽管处于污浊状态（部分是因为他妻子之死），他仍然同婆罗门们同食于一座庙堂，还邀请过一个低等种姓人和他一起吃。他将不带悔恨与悲伤地说出真相。他只是告诉他们，经过一系列意外（也许并不是意外）后，他刚刚发现的内在自我的真理。

《祭礼》不是一篇容易理解的小说，可能不是所有人都会同意我的解读。译本并不总是清晰的，而很多印度教范畴的内容也不容易转译成英语。尽管如此，其叙述还是令人入迷，可以想见以卡纳达语写成的原著会有多么精彩绝伦。反婆罗门情绪（由此而扩展至反雅利安、反北方的情绪）在南方盛行，《印度画报周刊》上这篇连载作品的一些读者将它看作对婆罗门的抨击。这是一种政治性简化，不过它也显示出印度人在什么样的范围内可以接受这篇对外人来说难以理解的小说：种姓、污浊、自身的"业"的概念和失去种姓认同的烦恼。

作者 U. R. 阿南塔默提是个严肃的作家。他在迈索尔① 大学为研究生教授英语，该大学的英语系十分活跃，他还曾在美国授课。他的学术世界似乎与小说中描述的那个社会相距遥远，很难猜测出他对那个社会的态度。阿南塔默提有意或无意地背叛了一个野蛮的文明，在那里，书籍和法律都被巫术所遮蔽，社会组织过于精微，知识、创造力与道德责任感都不能把这种社会组织激活（除非是正在迈向救赎的自我）。这里的人都是无助、贫弱、

---

① 印度西南部城市。

容易失衡的，他们所承袭的文明早已酸腐，他们依靠本能活着，因为种种戒律而成了残废（"我不想自己解决这个问题。我依靠神，依靠古代律法。我们不就是为这才个创造典籍的吗？"），他们建立了一个没有头脑的社会。

小说里提到了公共汽车、报纸和国大党，显示故事发生在当代。但年代似乎很遥远，甘地肯定不会走这条路。那位阿查雅对自己真实本性的恼怒之情，尽管是以宗教术语表现出来的，但仍与污浊、种姓、权力这些粗鄙的观念密不可分。阿查雅曾经一度论证，婆罗门必须只能是婆罗门，否则"正义"将行之不远。"低级种姓不会失控吗？在这个颓废的时代，普通人出于畏惧而跟随正确的道路前行，如果畏惧荡然无存，我们到哪里去找寻维护世界的力量？"这种所谓正义的一个表现就是，当一位"不可接触"的女人乞讨一个土豆，婆罗门妇女应该把土豆扔到街上，像扔给一条狗。这样污染就得以避免，正义与畏惧得以保存。

"我们印度人利用外在的现实来保持自我的延续。"苏德尔·卡卡尔对甘地一八八八年在英格兰的恍惚所作的分析，与阿南塔默提对阿查雅漫游于世界之中的精彩描写真是如出一辙。甘地在一片陌生的环境中保持着他的纯洁和自我观念。阿查雅则在聚集着不洁，他向社团叙述的不是他所见到的，也不是他决定投身的那个世界，而是他已经承受的污浊。两个人在洞察与反应方面受到同样的制约，也同样专注于自我。

不过其中有个重要的差别。阿查雅是被他已死亡的文明所囚禁的，他只能在其中界定自己。他不能像在英国的甘地那样努力找到自己的信仰，在一片更为广阔的天地中决定安身立命之所。甘地在外国社会中变得成熟，他以防御的姿态退回自我之中，潜入艰难获得的信念和誓言里，随着岁月而变得越来越固执，常常（从他的自传中可得知）在表面上追求愚行，他持续不断地被外在事件、被其他文明强迫进行再救赎和再界定：对英格兰的恐惧和陌生，通过法律考试的需求，南非的种族压迫，印度的英国权威主义（这点他通过在南非的民主斗争方式认清了）。

当甘地四十多岁重返印度求善时，他已经被塑造完成，即使到最后被政治孤立、简直要成为圣人时，他依然保持着那种由外国创造的圣雄行为方式。在独立的骚乱中（杀戮，印度和巴基斯坦之间的大规模移民，克什米尔战争），他七十八岁，仍然恪守着四十年前南非祖鲁人反叛时立下的节制性欲的誓言。不过他为发生在孟加拉的印度教徒－穆斯林之间的仇杀而义愤填膺，起身前往诺阿卡里区。这是最后一次悲伤的朝圣之旅，激愤的人们在他要走的路上撒了碎玻璃。十七年前，在印度另一端举行的食盐长征中，穷人们时常在他要经过的路上铺上清凉的绿叶。而今在孟加拉，他除了亲自出现之外再也不能做什么了，他知道这一点。尽管如此，他还是一遍遍听到自己说"我该怎么办？"在这样恶劣的时候，他所想的还是如何行动，他的确了不起。

那个阿查雅就永远也不明白这种挫折的烦恼。他拥抱"魔鬼世界",刻意纵容他新发现的本性,正如他刻意纵容旧时本性,他将继续自我关注;他的自我专注和他还是善人时的自我专注一样空洞无物。他不会像甘地一样意识到世界的不完美,意识到某种方式可能会让这个世界臻于正确。时代在颓败,阿查雅如此认为(或者说,当他是善人时这样认为)。不过这只是因为低种姓的人们失去畏惧、失去控制,唯一的解答是更伟大的正义,更多地退回自我,更远地逃避世界,为更本能的生命而奋争,那里对现实的接受更为薄弱,思想"只是一种知觉,一种困惑"。

这种消灭认知能力的理想,对外人和过客而言是平静淡然的。不过印度已致力于必要的变革,变革中的社会需要其他的东西。根据苏德尔·卡卡尔的看法,在变革的时代,发育不全的自我可以成为一种"危险的奢侈品"。城市壮大;人们离开祖先的居住地外出游历;宗族和家庭的联系松动了。对更敏锐的认知能力的需要增加了;而认知力不得不变成"一项个人而非社会的功能"。

它威胁着一切,它以一种外人无法理解的方式令人失去平衡。种姓、宗族、安全、信仰和肤浅的认知力混在一起,如果不毁坏其余的,其中之一也不能得到改变或发展。一个人如果从婴儿时期起就惯于群体安全,惯于一种生活被细致规范化的安全,他怎么能成为一个个体,一个有着自我的人?他会被未知世界的无限广阔所淹没,他会迷失。他会像阿南塔默提小说中的那个阿查雅一样，被他的无形所煎熬。"一根风中的丝，一片形随风成的云彩。我已成为一物，通过意志的行为，我将再次成为人。"

对阿查雅来说，有规定好的方式重新成为人，他只需作出选择。但当路径不存，甚至不知目标何在的时候，人如何成为人？人怎么能学着去自作主张呢？人只能通过世事蹒跚前行，一边把持着自我的观念。当种姓和家庭简化了人与人之间的关系，法律的严肃性不容质疑，当巫术支撑着法律，史诗和神话满足着想象，占星家知道未来，这时人便无法轻易着手于观察和分析。可能有人会问，没有了信仰和巫术的滤镜，印度人如何能面对现实？在印度各个阶层，关于国家问题的理性对话，会如此频繁地变成讨论巫术成功的预言和占星家、吉祥时刻的智慧、心灵感应式的交流，还有为回应内心声音而来的行为！总是有关于另一个规则下的世界的知识，在知识与痛苦认知的开端之间进行着破坏或平衡。

人若不能观察，就没有观念，只有执迷。人若生活在本能的生活里，那就像是一种不断模糊着过去的集体失忆症。受教育的印度人中现在很少有谁记得或承认他们在一九六二年的平静祥和，那时还没发生与中国的战争，尼赫鲁时代尚未结束，独立仍然被当作纯粹的个人尊严而带给人喜悦，许多人在这种新取得的尊严中设想印度已经或者正在获得成功。很少有人能解释从那之后这个国家的日益狂躁、一九六五年与巴基斯坦的战争导致的金融衰退、一九六七年的干旱和饥荒和一九七一年孟加拉危机的漫长痛苦。

印度是贫穷的：这个事实直到最近才随着人口的急剧膨胀、城市的堵塞、产业工人的政治主张而开始被印度人注意。尽管如此，对于许多印度人来说，贫穷既是刚被发觉的，也是刚刚产生的。很奇怪，这点是最常见的反对甘地夫人的指控之一：她没能消除贫困，履行她在一九七一年所做的承诺。可就在另一个日子，这种贫困还被所有人当作印度生活的现实，是神圣的、虔诚的甘地式自豪的动因。

一位曾权威显赫、差点当上总理的印度著名政治家在"紧急状态"前夕对一个外国记者说："现在这里没有米，没有麦子……五年前，一家人每个月常能买上至少二十磅谷类食品……我们还建工厂……我们甚至安排机械出口……而现在我们又得什么都靠进口了。"他真的相信自己所说的吗？没有米，没有麦子，一切都是进口的？他真的相信不久以前有过富裕景象？恐怕他真是这么以为的。他是一个甘地主义者，不会有意歪曲事实。他每天都坐在纺轮前，甘地式的纺轮已不再是无产者的求生工具或劳动和团结穷人的象征，而是一种神圣的工具，一种思想的支撑（如对这位政治家）或是（对其他人来说）一种令人心潮平静的瑜伽式方法，是达到精神虚无的支撑。了解（他权威显赫时的）历史，老政治家只需扪心自问。在那里，他颇为清楚地看到了自己的成就，而且既然外在世界只在影响内在世界时才有其存在感，他当然可以大言不惭地宣称，曾经有过那么一段时期，这个国家一切都还不错。

个人的执迷并入政治运动，在最近十年间，此种抗议运动愈演愈烈。许多运动回望历史，它们重新解释历史，为其所用。其中一些，比如孟买的湿婆军（回望二百六十年前马拉地王朝的辉煌年代）和南方的达罗毗荼运动（寻求在三千年后的今天向雅利安人统治的北方复仇），具有积极的复兴效果。其他一些，如"安宁之途"，则混淆完全不同的执迷，宣扬种姓、暴力和性放纵，好像是甘地主义的对立面，它们是最粗鄙的印度教教派，像以前的一些示威运动一样，诉求于安逸，而印度教则会因为追求永恒连续、抽离自身的知识以及对知识的需要，从而陷入野蛮主义。

有一个政党呼吁印度拥有核武器，而为此提出的计划却是保护圣牛（给牛以免费草料，给老牛居所），初听之下可能会让人误以为是笑话。但它并不是笑话。这个党就是人民同盟，即"民族党"①。它是组织最严密的政党，由于强调印度教权力而深得印度教徒人心，在城市中也有大量的中产阶级追随者。它控制了德里市政好几年。在一九七一年的大选中，该党在德里的一位候选人就完全围绕着圣牛的问题来做文章。

_____

① 成立于 1951 年，是 1980 年 4 月成立的"印度人民党"的前身，代表北部印度教教徒势力和城镇中小商人利益，具有强烈民族主义和教派主义色彩。印度人民党在 1996 年 5 月大选中成为了印度议会第一大党。

所有这些可能都只是印度各种怪象的一部分。实际上，这是印度在艰难变革时期的深层躁动的一个侧面，此时会有很多人像阿南塔默提小说中的那个阿查雅一样，发现自己被抛入世界，失去了形，于是以仅有的方式挣扎奋斗，想再次成人。

2

随着"紧急状态"的到来，一些这样的党派被禁，其领导人与其他人一起被捕入狱；外界那些担忧印度法制的人却经常发现自己正在因自己所支持的东西而感到不安。在印度，问题超出理解范围，目标则不得不模糊。消除贫困、建立正义，这些口号虽然常被挂在嘴边，却像是抽象之物。人们的执迷更为直接。

现在正流行一本反对派的小册子，内容是关于印度监狱对政治犯的酷刑的。必须说明的是，这种酷刑没有南美那种成系统的花样，它更多体现了一种随意的残暴。而印度警察的权力现在不受约束，小册子并没有夸张。它只是遗漏了一个事实——印度监狱一直存在这种酷刑。酷刑如同贫穷一样，是印度人对印度的新发现。

关于这本小册子还有一点，它罗列了许多怪事作为酷刑的范例。某人的胡子被剃光了；许多人被用鞋子抽打，而且头顶鞋子游街示众；一些人被涂黑了脸，坐着人力三轮车游行到集市；一位大学教授"在恶毒的谩骂中被推来搡去"。这些并非是通常观念中的酷刑，而属于基于种姓的玷污行为，它比毒打更能持久地造成伤害，也是导致歇斯底里的更为显著的原因。对印度雅利安人来说，黑色是可怕的颜色，胡须是重要的种姓标志，不可接触者们如果把他们蓄的胡须朝上而不是朝下弯卷，可能招致杀身之祸，鞋子由皮革制成，用来踩踏污浊的泥土。那本小册子几乎在不知不觉中就混淆了原因，民主、法制、人道主义融入种姓仇恨之中。人是如此轻易便被抛回自身，如此轻易便失去了宽阔的视野。在这片暴力与残酷的土地上，在一场威胁着印度刚刚开始的智识进步的危机中，这种发育不全的自我仍可能是一种惊人的无知。

第六章　综合与模仿

1

在德里的一次晚宴上，一位在印度度假的外国年轻学者谈到孟买的人群，傻笑着说，最吸引他注意的一点是"他们当街撒尿"。他这是在补充印度妻子说的那句神秘而沉重的话：她看见人们只是活着。她是位中产阶级人士，社会关系通达。他则浅薄、轻浮而平庸，在学术的丛林中欢快地蹿上跳下，欣赏着采摘的果实。不过这对夫妇在一点上真是珠联璧合——妻子对于印度的印度式盲目根植于种姓与宗教，很像她丈夫那种外国人的轻佻蔑视。这种结合并不新鲜。在印度前一千年的历史上，它屡屡出现，理解基于对印度的误解，而印度则永远是受害者。

这对夫妇住在国外。他们时不时回来访问，印度每次都在不同的方面重建着自尊。但聚会中的其他人生活在印度，感受着数百万人造成的威胁以及随独立和建设而来的所有不确定性，对他们来说，印度再也不是想当然的了。贫穷已不再是背景。需要另外一种能够对街上的那些人产生更深刻理解的观察方式。

这正是另一个年轻女人尝试去做的，她是那对定居国外的夫妇的朋友。"孟买的妇女，"她说，指的是孟买低种姓的妇女们，"穿特定样式的莎丽，选择特定的颜色；男人则裹一种特别的头巾。"她曾在孟买居住，不过她已经出了错，妇女的确穿着传统的服装，但孟买绝大多数男子穿裤子和衬衫。这是一个明显的错误，她虽然同情穷人，却仍然只接受种姓标志，像她的朋友一样盲目。

"我说的是孟买的穷人，"她坚持说，"他们很漂亮，比这间屋里的人漂亮得多。"不过现在她开始说谎了。她语带激情，但其实并不相信自己所说。孟买的穷人并不漂亮，即使穿着他们低种姓颜色的亮丽服饰。穷人在肤色、容貌、体格方面都难称健康，他们像是别的种族，一群发育不全、思维迟缓的矮人族，而且因为世代的营养不良而面容难看，需要花上好几代时间才能恢复。穷人漂亮不过是这个姑娘借来的概念。她把它转换成了一种政治态度，时刻准备捍卫。不过她的认知能力并未因此而变得敏锐。

印度的新姿态，那种暗示了新的观察方式的态度，往往会变成一纸空话。印度人试图超越关于印度贫困的旧式而伤感的抽象概念，试图与穷人和谐共处，他们不得不走到自己的文明以外，于是就会受各种外来观念的摆布。现在所面临的知识困惑大于英国统治时期的，那时候世界似乎是静止的，问题更简单，印度人足以宣扬自己的印度性。那时候穷人只是背景。而现在穷人们呼声高涨，不得不被列入考虑。

摘自《印度快报》，一九七五年十月三十一日：

教育部长普拉巴·拉奥敦促科学家和技术工作者们简化技术革新，使其免除排外性。拉奥夫人是以首席嘉宾身份出席"科学与和谐的乡村发展"研讨会时发表这一讲话的……她就年轻人对科技失去兴趣的现实表示遗憾，因为"它不但昂贵而且只为少数人而存在"，她希望能让"大多数的民众更积极地参与"。

这番讲话并不容易理解，记者显然对自己所听到的也感到困惑，但这段话似乎包含了许多不同的观念。有穷人也要受教育的观念（印度学生在讲话中被假设为中产阶级，他们其实对科学很感兴趣）；有发展要照顾到大多数的观念；还有未说出的关于"中层技术"的新观念，即印度技术应适应印度资源、考虑印度社会性质的观念。前两个观念无可指责，第三个则复杂一些，但不论简单还是复杂，这个观念恰好说明词语被曲解篡改（不论是被部长还是记者）成了一种政治宣言，一种关心穷人的表达。

穷人几乎是时髦的身份。这种中层技术的观念就成了时尚的一个方面。风靡印度的是牛车。牛车不可清除，在经历了三千年甚至更长时间的落后后，印度的中层技术如今要改良牛车了。"知道吗，"有人在德里对我说，"在牛车上的投资总量与在铁路上的相等？"我对牛车总是心存怀疑，不过直到那时我才知道它们很贵，比英格兰的许多二手汽车都要贵得多，只有富裕的农人才置办得起。这对我来说真是一大浪费，是让贫穷长存的一种浪费。但我庆幸自己没说出口，因为告诉我那个统计数据的人接着说："现在，如果我们可以把牛车的性能提高百分之十……"

性能提高百分之十是什么意思？更快的速度，更大的承载量？有更大的东西需要运吗？尽管这些都是无法问的问题。中层技术已经决定改良牛车。金属轮轴、轴承、橡胶轮胎？可不是让牛车更昂贵了吗？难道不需要耗费几代人的努力以及大量的金钱才能推广这项技术改进吗？再说既然已经到这一步了，那再进一步，引进一些无害的小发动机不是更好吗？难道中层技术不该集中研究让无害的小发动机去承担通常由牛车所做的短途运输工作？

但是，不，这些都是外行的痴心妄想。顾名思义，牛车的关键始终是阉牛的问题。对科学来说，困难的是这种牲口不轻便的形体。阉牛不同于马，它无法适当上套。牛颈套轭，自古而然，而时代则要求变化。套轭的方法不但没有效率，而且会造成牛颈疼痛和皮肤癌，缩短牲口的工作寿命。德里那个热心牛车的人告诉我，一头阉牛只能活三年。但这是热心的夸张，其他人告诉我阉牛可活十到十一年。为改良牛轭，很多研究工作致力于阉牛在提拽时的拉力问题。最现代化的监控技术都派上了用场，在南方某地有一头阉牛，它干的显然不过是一些安逸的小活儿，却被装备得像个苏联太空人。

印度是一个充满了新闻炒作的地方，我去南方的时候，希望能够看看这头牲口，见见那个已成为牛车之王的科学家。但那人正在国外讲学，他在国外很受欢迎。一些特定的话题，比如贫困以及中层技术，令这里的专家们很忙碌。他们疲于应付国际研讨会、座谈会和基金会。富国出钱，他们口授指导性的观念，这些观念是富人对穷人的观念，有时是关于什么对穷人有好处的，有时不过是表达警告。他们，那些富裕国家，现在甚至忙着输出他们对工业文明的浪漫怀疑。这些怀疑伴随着每一种巨大的成功而到来。说他们浪漫是因为他们并不希望破坏成功，或是丢弃这种成功的成果。但印度以自身虚弱无力的方式诠释着这种怀疑，以此调和自身与自身的失败。

复杂的外来观念被印度的敏感性强行蒸馏之后，通常只剩下被洗净的、无害的内容，它们总是通过宗教和现今的科学回溯到过去和无效状态，回到纺轮和牛车中去。中层技术本应是向前的一次跳跃，跃过已被接受的解决方式，成为新的契合需求和资源的认知方式。而在印度它转了一圈，又很像是回到了旧式的感伤主义，感伤贫穷和旧有的方式，中层技术被困在了牛车上。对关心牛车的人而言，它是一种奇妙的知识历险，但实际乏善可陈，脱离现实和需要。

科学在南方寻求机会改良牛车，同时也在古吉拉特邦艾哈迈达巴德的新式、现代、装备豪华的国家设计学院（依照同样的"中层"原则，并作为穷人时尚的一部分）为农民设计或重新设计工具。在楼下玻璃墙展室内展出的已完成成果中，有一个背携式农用喷洒器，亮丽的黄色塑料外壳看上去足够时髦。但让人猜不透的是，为什么他们认为在艾哈迈达巴德有必要重新设计这个装备（除了急于把这个枯燥的东西变成亮丽、时髦的塑料外）？这种东西在茶园或者其他任何地方都很普通，而且可以说已足够精简了。他们添了什么东西？在黄色的塑料壳里的确加了点东西。一个沉甸甸的马达，那玩意儿足以让农民因为长时间背负而残废。在印度一些地方，农民已不得不以农具的重量来判断好坏，因为有时要扛着犁走上很长一段路去田里，他更愿意选择木犁而不是铁犁。我的导游知道这件喷洒器很重，不过没有做更进一步的解释。

尽管如此，喷洒器还是现代产品。楼上则有个四年级学生，显然是学院明星之一，他就是为古代世界设计工具的。他展示了一件磨刀机。不过我说不出这东西和其他笨重的磨刀机究竟有什么不同。他主要的兴趣是在收割工具方面。出于某些原因他不赞成用镰刀，他也反对用长柄大镰刀，因为被割下的茎秆落在地上太沉。取代长柄大镰刀和小镰刀的是看似锋利的大剪刀般的长柄工具，制作粗糙，无疑是为农民做的，所以必须粗糙而简单。放在地上时，厚金属刀锋呈小 V 字形，但只有一边的刀锋可以活动，农民必须把这片刀锋与固定的刀锋分开，然后（用设计者目前尚未想出的方法）收拢剪下一刀。

作为一项发明，它给我的感觉比古罗马时代的收割机（一种用牛推动的、边缘带锯齿的圆盘）还落后几个世纪。不过生长在城市里的设计者说，他在乡下待了一个星期，农民们对此很感兴趣。我说这件工具需要使用者站立操作，而印度人在干某些活的时候喜欢蹲着。他说必须对人们进行再教育。

他的另一项设计绝对需要站立。这是一双收割鞋。左鞋前端是窄窄的刀锋，右鞋的右侧是一个长一些的弯曲的刀锋。于是农民在成熟的谷田里穿行，左脚踢着切割，同时右脚画一个宽弧来切割——丰收舞蹈。我觉得这解释了为什么在楼下展室中的设计品（黄色的农用喷洒器，有着各类公司商标的标牌，底座过分时髦、窄得立不稳的茶杯）中间会神秘地摆上一个轮椅。轮椅一定是为农民设计的，如果我的实验有效，手动的内轮会导致病人的关节被外轮擦破，而轮椅停下时，椅子本身会把病人往前推一下。我的导游不偏不倚地说，是的，椅子是会如此，病人必须记住要靠后坐好。

而椅子仍然摆在橱窗里，作为设计品来进行展示；也许没有其他原因，只不过因为它看上去很现代，像是进口货，证明了印度在前进。前进到楼下，再虔诚地退回楼上，印度在所有领域里同时发展，要同时对所有观念作出回应。国家设计学院只是其中之一，它设备绝佳，入校竞争是残酷的，水准应该很高。但那是一个外来观念，一个外来的学院，所有都是外来的，如是而已。在印度，它很容易抛弃活跃的原则，仅剩下设备，最终（不可否认地经过一段时间的争议之后，一个新管理者刚刚上任）成为一所非学术青年的精修学校，一个围栏，工匠们被叫来干粗重的活儿，像我在楼上看到的那些无精打采的人一样蹲在地上打造着什么人的椅子。印度永恒的分工，挫败了学院宣称的社会目标。

模仿中的模仿，一知半解观念中的一知半解观念：一位印刷系二年级的女孩并不理解她被要求进行的排印练习，把排印工作做得如同小孩在玩打字机，以设计的名义逃避任何对称、清晰和逻辑；一个三年级女生在绘画和语言上都毫无天分，她无知地阐释克利[①]，说那是"一根线条的冒险"；而那位四年级的男生则摆弄着为农民制作的工具。许多时候，印度的智识混乱似乎很彻底，似乎不可能回头澄清最初的原则。一个设计学院的必然目标之一

[①] 保罗·克利（Paul Klee，1879－1940），瑞士表现主义画家，作品风格抽象单纯，突出线条和色块的关系。

应是让人每天都耳目一新。

只要有对技术史的基本的知识，甚至只要对印度农村有基本的了解和洞察，那个学生（以及无疑鼓励他如此做的老师）都不会干出设计此类工具的荒唐事来。设计出这类工具的学院显然对印度农村的困苦毫无概念：无地劳工或契约劳工，童工，太多廉价的双手，分割细碎的土地，任务之无效。整个项目所契合的是关于农民生活的幻想，农民这样的人，因为需要聚拢他丰收的作物而不堪重负。这是种浪漫的观念，是对历史和前工业化生活的简化的观念，这种观念在许多思考的背后都存在，不论是在政治还是在其他领域，在印度，洞见正基于毫无洞见。

牛车要通过高科技改进。车队将如在田园诗中一般缓步走向市场，而农民蜷曲在他诚实的收获之上睡上一夜，这是一个自己的节奏与自然节奏相调和的人，是一个与他的牲口为伙伴的人。但同一个农民醒来时，则会用古代的方式赶牛，在牛肛门上插木棍。这是田园诗中不受注意却必不可少的部分，印度道路上龌龊的景象之一。前工业化生活中丑陋的残酷，持续而任意的残酷很容易从牲畜扩展到人身上。

简单生活之美，穷人之美：种种观念在印度合而为一，但这些观念又是互相分离、无法妥协的，因为它们表现着两种相反的文明。

2

印度人说，他们的才能在于文化综合。谈到这一点时，他们指的是英国统治前的穆斯林主导时代。尽管在这种观念中，智慧的被动接受程度太高，代替了思想和探寻，不过在印度绘画中可以找到这种综合能力的证明。在（大约）一千八百年之前二百多年的辉煌时代里，这门敞开的艺术接受各种影响，甚至包括欧洲的。它从一个中心转向另一个中心，不断改变和发展着，并且充满了地方的奇异色彩。其创造力的确是惊人的，当代学者们也一直在不断地发现。

十九世纪，随着英国人的到来，这一伟大传统终结。绘画只能以赞助人要求的好恶为好恶。英国人之前的印度绘画是印度教或穆斯林贵族宫廷的艺术，反映了那些宫廷的文化。如今它有了新的赞助人，他们的兴趣十分狭窄。在印度近代历史中，再也没有比看到印度绘画从流派纷呈堕落到东印度公司艺术、旅游艺术更让人感到悲哀的了。一种新的观察方式被引入，印度艺术家们变得平庸，他们用尽技法，以欧洲式风格去描绘本土"风物"，或者有时压抑自己作为手艺人的本能想法，压抑他们对设计和结构的感受，去奋力获得本来对他们毫无意义的康斯特布尔①式的"眼

①康斯特布尔（John Constable, 1776－1837），英国风景画家，追求真实再现英国农村的自然景色，影响了法国风景画的革新。

光"。生气勃勃的艺术于是成了模仿的、二流的、不安的（总伴随一些区域性的例外），它知道自己无法竞争，它消退了，最终被照相机消灭。就好像在被征服的欧洲，所有欧洲艺术突然备受藐视，艺术家被要求画类型画，比如日本风格的。这能够办到，但味道丧失了。

印度已发掘出一度灭绝的古典舞蹈与编织艺术的传统。但绘画传统仍然是断裂的，绘画无法简单地回到被中断的地方，介入之物太多了。印度的过去已经不能为印度的现在提供灵感。在艺术的景观里，西方太占主导，太多样化；印度仍然在模仿和不安，这点只要瞥一眼任何一本印度杂志中的广告和插图就能看出。失去活着的传统，印度就失去了整合与适应的能力，借鉴别人也是囫囵吞枣。表面上文化延续，舞蹈、音乐和电影一片生机，实际上印度却并不完整，整体创造性已死。这是印度为英治时代所必须付出的代价。这种丧失被这一时期的知识恢复、政治自觉（在印度历史上前所未有）以及政治重组所弥补。

印度绘画的这种真实状况同样是印度建筑的真实状况。它也是一种断裂的传统，介入之物过多。而现代性，或者人们以为是现代性的东西，如今被囫囵吞下。后果是灾难性的。年复一年，无用的现代建筑在印度不断积压。旧有的通风观念消失了，现代的空调被搬了进来，这些空调为建筑师解决了恶劣气候的问题，使他能够随意复制自己的设计。艾哈迈达巴德不只有一家国家设计学院，作为一座走在前列的城市，它还有一座小型的现代机场楼。屋顶不是平或斜的，而是波浪形的，而且屋顶很低。炎热的空气无法升高，而挂着网状装饰性织物的玻璃墙令印度午后的阳光长驱直入。还是和出租车司机一起待在外面比较好，那里气温不过才一百度。里面则火上架火，现代性伴随着现代性，玻璃烤箱随着一台昂贵而耗电的"古尔玛格"冷气机一起哼哼，周围是一群被庇护的尊贵的人。

在拉贾斯坦邦沙漠地带的斋沙默尔，邦政府刚刚建起一座引以为豪的游客大院。小屋向中央走廊敞开，窗户没加罩篷，外面就是沙漠。但那些屋里未必闷热。每天多付上十卢比，你就可以关上百叶窗，拧亮电灯，用上制冷设备：架在窗户上的一个巨大的工厂风扇，它能让小屋子咆哮不已。然而斋沙默尔正以其古建筑、宫殿和一些威尼斯式的壮美街道而闻名。在市集区有一些传统的庭院式房屋，是适应沙漠地区的精美的石屋：外室高大，通风顺畅，房子的某些部分始终荫翳避日。

但历史就是历史。建筑在印度是一门需要学习的现代课程，所以建筑是另一门外来的手艺，是别人传统的一部分。建筑和艺术一样，没有一个活着的传统做保障，印度总处于劣势。现代性（或印度性）常常只是一种假象，内部则是错误运用技术和误解现代设计的梦魇，如今逐渐连偏远地区也是如此。屋子简直是为西伯利亚建造的，总有人工照明，耗电的空调噪音巨大，而没有那个顺着墙壁滴水、毁坏了适配地毯的空调，人就没法居住，贵上加贵，伴随着浪费的无知加重了贫穷。

一度曾有从国外获得一些简单学历和技术的印度人说，他们成了无所适从的人，既不是东方的，也不是西方的。他们这种说法是荒谬的，是自我表演。印度就在他们身上，那种印度式的认知方式。现在随着移民大潮的兴起，很少再听到所谓的无所适从了。取而代之的是，印度人说，对印度而言他们受教育太多。实际恰恰相反，他们受教育不够，只想重复他们的课程。外来技术无根可依，是脱离了原则的技术。

一个雨夜，在返回孟买的火车上，我听到一个面无表情、体态臃肿的年轻人在抱怨。他说，自己受的教育在印度来看太高了，他说着这些陈词滥调的时候毫无讥讽与窘迫。他在美国完成了一门计算机课程，（有钱了）想建个工厂，生产他学到的这种美国设备。但印度对这种先进的玩意儿尚无准备，他在考虑也许该回美国定居。

我希望听到更多他在美国的情况。不过他对那个国家或是印度都没有更多可说的，雨天中，孟买郊区冒烟的工厂的红褐色、黑色和绿色从我们窗外飞驰而过。他说，美国和他期望的一样。他没有提供具体的细节。而对印度——即使他从美国回来，即使透过我们的窗户便可看到——他也只是像企业家那样评判。

他属于北方的商人种姓，他的言谈举止里流露出种姓特质。

他属于旧印度，发生任何事情也动摇不了他的这个保障，他不质疑任何事。他从外部世界得到的只有计算机技术，如同在单纯的时代里，他可能会在家里学习织布和种谷物。他说对印度而言他受教育程度太高，但用在孟买认识的那位工程师给我举的例子来说，他就像贫民区里的管子工——一个背景简单的人想要干一门技术含量高的活计，而且盲目地干；水是管子工的工作，但水对他是奢侈的，他妻子为了水要在早上排长队；他也不明白为什么必须在瓦管中央笔直地安上个水龙头。所以这个学计算机的家伙只掌握他的专业，不顾他自己的简单背景，不顾这里是印度，认定他的工作就是在随便什么地方安置计算机。

要找到一个贫困国家所需的科技，得具备最高的技术、最清晰的洞见。旧印度一味鼓励本能的、无智识的生命，它限制着洞见。而使外来技术不那么"排外"（借用马哈拉施特拉邦教育部长那个含混的、也许正是被她暧昧化的词）的必要尝试，则结束于牛车学校、结束于一个模仿与幻想的混合体中。不过印度已经感到确实在某些方面（或许还很多）需要做出尝试。

3

印度老了，印度在继续。现在印度所有需要实践的规范和技术都来自国外。即使印度人具有自己文明成就的观念，也基本上是十九世纪的欧洲学者教给他们的。印度自身没有能力重新发现并评估自己的过去。它的过去与它联系太多，仍然生存在仪式、律法和巫术之中——那种蒙蔽了反应，甚至埋葬了探索观念的复杂的本能性生活。现在印度绘画有印度学者在做研究，但即使在受过教育的人那里，绘画之道仍然大致是图解之术，是认识神祇和主题的方法。一个是新近死亡的传统，一个是不变的信仰。创造性就这样丢失了，无人注意。

印度盲目地生吞了它的过去。要理解那个过去，印度不得不借用外国的学术规范，于是就同科技一样，其外国根源显露无遗。印度做了大量的历史研究工作，但欧洲历史研究方法源于特定的文明，有着自己的人类状况与发展观念，不适用于研究印度文明，被遗漏的东西太多了。政治或王朝事件，经济生活，文化趋势——欧洲方法很少对此加以说明，它将印度等同于欧洲，结果这种尝试是不成功的，对于印度文明的起源和终止、短期繁荣、长期停滞、人永远被本能生活所左右、持续转向野蛮主义的倾向，它说了一堆废话。

带着民族主义情绪的历史学，带着数学统计和图表的社会学，这些借来的规范仍然是借来的。它们没有给予印度任何一点自我的观念。印度不再拥有其艺术，同样不再拥有其历史。人们能具有一点历史观，也可以从外国资料上引证一些事情（这是个所有印度人都诟病不已,却又都与其同流合污的习惯)。但要了解印度,大多数人则反观内视。他们求教于自身:他们自己的过去,他们种姓及宗族生活的本质,他们的家庭传统。他们从中发现了他们认为正确的印度观,并且依此行事。

印度的报纸反映出了这种视野的狭隘,反映出了探索和所谓人文关怀的缺失。审查时期之前,印度报纸的活跃景象(外国观察家如此称呼)仅限于社论版面。其他版面上则主要是公告、传单、对讲话和集会的报道。印度新闻没有发展出报道的传统,它报道印度就像是在报道外国。一九七五年九月十七日的《政治家》里,一则非头条新闻是这样说的:

> 女人投井自杀:据警方消息,最近在距离孟加拉六十公里的辰纳普特纳,一位妇女把她的两个孩子扔进井里后投井自杀。

"最近"! 可这就是全部,警方公报就是这些,没有派出记者采访报道。以下摘自一九七五年十月四日的《印度时报》:

> 警方昨日在穆扎法纳伽表示逮捕了一名"眼科大夫",此人在二月做了七十例眼科手术,导致二十人丧失视力,多人重伤。此人系一个毫无外科手术知识的印度传统疗法医生,

他向贾尔干地方的病人许诺说可以给他们手术折扣。

就是这些，文章结束；明天也不会有更多报道。

种姓视角这种远离我的东西仍距我很遥远。印度报纸则以一种印度的方式诠释着它的作用。报纸不是努力让印度触及自身，它不知该如何做到，也不觉得有必要这样做。在新闻自由的年代里，报纸毫无监督作用。远离社论版的政治火海，它再无关心的事情。印度只是其背景，印度在持续。揭露比哈尔邦德罕巴德区煤矿工人被高利贷主及其打手恐吓这件丑闻的是在孟买发行量很小的左翼报纸《经济与政治周报》。"紧急状态"后不久，政府就宣布逮捕了两三百名放高利贷者。这在印度的日报上同样只是一条简单的机关消息。没有报纸报道此前发生了什么，没有报纸觉得这件事重要，没有人去调查政府的这项宣告。只是在后来，加尔各答的《政治家》才发表了一篇报道，其中似乎能感到记者下了德罕巴德的一个矿坑。一段"华彩"篇章，以个人历险的语气吸引人，一段印度式记述，矿工只是背景。

"紧急状态"之后，出于显而易见的原因，政府命令报纸的视线远离政治，集中于社会问题上。要求报纸深入进行"调查报道"——这里用的是借来的词汇，应该说，印度报界有关印度的新闻从未像现在这么糟糕过。最近几期的《印度画报周刊》（在"紧急状态"前的编辑方针就很大胆）发表了一些关于契约劳工、童工、童婚的特别报道。报界终于开始向印度展示印度自身了，但它却是在强迫之下这样做的。这是"紧急状态"下印度的悖论之一，这种悖论令人们难以对"紧急状态"进行评判。危险是显而易见的，但结果却可能是积极的。报纸失去了政治自由，却扩展了其解释功能。

报纸最终同技术一样，可以被塑造成印度需要的样子。但法律呢？这是个被尊崇其他价值的其他文明遗留在此的制度，它怎么能带给印度公正，又如何在印度起到法律那种不断再评价、不断改革的作用？摘自《印度时报》一九七五年十月五日：

> 总理英迪拉·甘地夫人今天表示，印度立法系统应在社会转型的过程中承担"主动的角色"，摆脱"过去殖民时代的约束性遗产"……她说："法律应该成为维护社会正义的工具。"甘地夫人在解释立法系统的"主动角色"时说，它应该帮助人类精神和人类风俗从过时习惯的束缚中解放出来。她说人民对法律的尊敬取决于他们在多大程度上相信法律能提供给他们真实而公平的保护。她补充说："我们的祖先在宣称社会应遵守'教义'、'教义'才维护社会时，就已经明白这一点了。"

但怎么让这个外来的系统承担主动的角色呢？其困难和矛盾

正在于"教义"的概念。甘地夫人所说的"教义"是个复杂的词：它可以指信、敬，以及所有感觉上是正确的、宗教性的和受认可的东西。法律必须服务于"教义"，或至少不与它背道而驰，这看起来很公平。然而印度社会制度所表达的"教义"却充满了不公与残忍，它基于对人的极度狭隘的观念而产生。它可以适用于契约劳工，如同以前它用于寡妇自焚一样。"教义"能坚持公平的观念。法律在印度有时看起来像法庭游戏，以它应纠正的弊端来回避冲突，当印度的社会制度稳固不动，"教义"的荣光笼罩于基本人权之上时，很难看到任何一种法律制度做出些别的事情来。

A. S. R. 查理是印度一位著名的刑法律师。他根据自己处理的几件案子写了本书。一九七五年十月，孟买的左翼周刊《突袭》从查理的书中转述了下面的故事。五十年代的马哈拉施特拉邦，一位布商的女儿与一位律师的儿子正在筹办婚事。律师与一百五十名客人一同出席婚礼，所有人的食宿费用都由布商来支付。布商表示反对。律师被这种失礼和小气激怒了，以侮辱性的姿态在布商脚下甩下两千卢比的票据。然而婚礼还是进行下去了，律师之子娶了布商之女。只不过律师禁止儿子与岳父母家有任何瓜葛，也禁止儿媳回家探望双亲。姑娘很痛苦。（查理写道："她似乎本来就是一位高度敏感的姑娘。"）特别是当无法去探望住院的妹妹时，她感到尤其痛苦。丈夫在她请求准许时表现得很固执。他说：

"你知道情况，我不能允许你这样做。别为此太郁闷。"年轻人晚上醒来的时候，发现妻子死在他身边。

死去姑娘的内脏中查出了氰化物，年轻人被控谋杀。控方称，姑娘不可能自己在孟买获得氰化物，一定是她丈夫所为。丈夫是个摄影师，实验室中有各种化学制剂。但警方没有在实验室里找到氰化钾和氰化钠，他们只发现了铁氰化钾，那并不是毒药。为年轻人的谋杀罪名辩护的查理从中得到了线索。"尽管铁氰化钾通常不是毒药，但如果被胃酸过多的人服下，也就是说，被悄悄在胃中聚积大量酸的人服下，会起到毒药的作用。"所以姑娘是自杀。她丈夫被判无罪。

公正得以维护。但对死去姑娘的不公却没有评述。高等法院听证时，提到了"门第的错误观念"；但查理在《突袭》上发表的法律陈述中全都是关于可被采纳为证据的技术问题的内容，布商因女儿自杀而受到的惩罚只被当作其中之一。"噢，是的，"一位上诉法官说，"你必须彻底安排妥当，以满足新郎方面任何一位成员提出的每一项要求。"这表示了对于家庭声望的传统要求，而姑娘的悲剧也就迷失在其中。她写信给无法回去探望的娘家（"神意会实现的"），早已认定自己年轻的生命已遭毁坏，必须结束。

法律回避着与"教义"的冲突。但如果法律要承担"主动角色"，就必须同这个"教义"一争高下。困难的是，为了适应新的压力，印度已在某些方面破坏了自身，失去了它古老的安全感。借来的机制不再起到借来的机制的作用，不再是对现代性的一种贡献。印度人说他们的才能在于综合。也许这样说更合适：印度人被征服得太久了，他们在智识上已经寄生于其他文明。为了在依赖中生存，他们保存着本能的、非创造性生命的避难所，并将其转化为一种宗教思想；从更世俗的层面上说，他们仰仗着他人的理念和机制来让国家运转。独立后不久即到来的"紧急状态"更是突显了印度创造力的无能、智识的薄弱、防卫能力的匮乏，以及每个印度人脑中印度观念的不足。

第七章　失乐园

1

"印度像个动物园，"一位忧郁的中产阶级女士在德里说，"也许我们该收门票。"

她住在印度，我是游客。她意在指责，甚至可能是侮辱，不过说过了也就罢了。印度像个动物园，因为印度贫穷、残酷，迷失了方向。随着"紧急状态"的到来，她这才发现印度的问题，这些发现已不仅仅是智识上的发现。她曾经和其他中产者、其他在自己的种姓世界中安然度日的人一样，也许把自己和印度大众相隔绝，而现在则感到自己在和印度一起沉陷。

她丈夫和反对派有联系，他的事业突然间处境危险，他本人则一直生活在被捕的恐惧中。在"紧急状态"前，学生骚乱，工会罢工，似乎很有可能推翻甘地夫人的政府，引领印度进入一个新开端——那时他算是个人物。如今他所有的政治冒进都成了歇斯底里。行动不再可行，他觉得他是革命军中的马前卒，而现在革命退却，把他暴露了出来。

"我们几千人会包围她的房子，阻止她外出或者接待访客。我们将日夜安营扎寨，喊她辞职。即使警察逮捕我们，毒打我们，屠杀我们，他们能杀掉多少人？而且他们该怎么处置尸体？"这是著名的甘地主义者、前副总理德塞对一位外国记者许诺的话。然而就在几个小时以后，德塞先生被捕，这无疑出乎他的意料（他对记者说"我宁愿相信，甘地夫人在犯下这样的恶行之前会先自杀"，无意识地暴露了他甘地主义姿态的自负和虚张声势）。而且，在德里甘地夫人的房门前也并没有抗议示威，没有尸体。

最受尊敬的反对派领袖贾亚·普拉卡什·纳拉扬就表现得更聪明。他被捕前在德里发表最后一次演讲时问听众里的学生："你们愿意回去上课还是愿意去监狱？"学生们回答："监狱！"他然后说："我们看吧。"到头来，学生们什么都没做，他们成了"紧急状态"下的大范围平静中的一部分。

革命变成了没有革命。几周前，印度看起来还能够复兴甘地式的热潮，现在则像座动物园。那位消沉的女士坐在椅子上向前倾身，莎丽裹住的双膝张开，她垂头望着地板，慢慢地把头从一边摆向另一边，好像在沉思着这场印度悲剧的深重程度。此时，她的丈夫正提高嗓门，压住从敞开的窗外传来的车辆的嘈杂声，对即将到来的镇压发表看法。

他把个人的焦虑延伸至国家范围。他预测，由英国人建造、现在由印度统治者继承了的"花园城市"新德里很快会设卡阻挡穷人，并架上机关枪来进行防守。我觉得他在夸大其词，但他说，驱逐穷人的行动已经开始。外交区的占地聚居区已经被夷为平地，那里的人和他们的家当一起被扔到雨里去了。

几个星期后，这起国内事件在伦敦一家报纸上被当作来自印度的热点新闻：推翻社会主义，开始侵扰穷人。发生在印度的事件被赋予南美式的诠释，这样对所有人来说都更容易理解。这篇报道试图描述我曾从此条消息中感受到的歇斯底里。不过在那个德里的傍晚，我当时就想到，类似的对非法占地者的驱逐根本不是什么新鲜事。一九六二年尼赫鲁先生仍在执政时，我第一次造访这座印度首都，那时一个同样的聚居区就在中产阶级居住的国防区被强行铲平。许多天以后，棕黑色的茅草、麻袋和泥巴倾塌四散，仍然堆在高速路的一边。它们被清除，曾居住在那里的人们似乎都被消灭了。报纸上曾有照片报道，不过没什么人看，也没有抗议。

不过那是一九六二年，是尼赫鲁先生作为国父的最后一年，也是独立后的印度中产阶级荣耀风光的最后一年。那时（直到中印战争清除了幻想）印度看上去很成功，"独立"仍然被主要当作一件有关个人尊严的事，对外来说是印度的声音，对内来说是"印度化"，是一种新职业，新管理方式，新外交重点，新荣誉，展现民族传统与"文化"的新意识。

在那样的日子里，那位在一九七五年感到沮丧、抱怨印度的悲剧、把访问者骂成窥阴癖的女士，想来忽视了印度的贫困问题；她一定会像当时的中产阶级女士一样谈论着穷人的快乐（比其他人的快乐都多），穷人的姿态，穷人的尊严，他们保持窝棚干净的方法；她会把印度穷人和不可名状的外国贫民窟居民作对比。时代不同了。"印度化"不再意味着工作的再分配和对英国遗产的分享。它成了反对党的口号，印度教徒的民粹－宗教式诉求，对少数民族的威胁性词语，智识混乱的一部分，它是一种新的不安，是对蛰伏的幻想与执迷的盲目挖掘，是来自底层的愤怒洪流。

那位女士低头看着地板，在丈夫边踱步边说话的时候，她慢慢摇着头，说着"嗯"。在这个姿态下，她的面颊低垂，看上去很老，身上平添了忧郁气息。她认识住在被夷平的聚居区里的一家人，那是家穷人，简单的人。男人从山区来到德里。他找到工作，在这一小片土地上建起了房子。他带来了老婆，然后他们有了四个孩子。他才三十岁。但是，可怜的家伙，他还能有什么别的乐子呢？他没有电视。他把自己的弟弟也带来了，弟弟又带来了自己的老婆，然后他们也开始有孩子。如今，这样的生活被毁灭了。

他们在雨里无家可归，政府甚至等不到雨季过去。

不过他们真是被这样扔出去的吗？他们事先有没有得到什么通知？有的，通知已经持续了一年。但穷人们能做什么呢？同样确定的是，在这段时间里登记的人会在别处得到一块自己的建筑用地。但穷人们又知道什么登记？有谁在那里帮他们？另外，新地段在十英里以外，人们怎么上班？公共汽车？是啊，那儿有公共汽车，不过我不知道德里公共交通的状况。所有的一切都那么忧郁而可怕，特别是对她认识的那家人来说。他们是谁？那个男人为她工作，是她的仆人。她失去了仆人，他则失去了工作。

过了好一会儿，我才从女士的忧郁与丈夫的歇斯底里中梳理出故事的脉络：似乎女人和丈夫谁都不明白，在真正的危机时刻，把这样的个人损失（还不是确定的损失——那个仆人可以骑自行车来）当作民族悲剧的一个方面呈现在一位访问者面前，是一件多么令人沮丧的事。

"我遇到的人无论男女，似乎都乐于被他人虐待。对他们来说，生活在悲苦中、谈论这种悲苦、沉溺于自我伤悲是种情感上的纵欲。在这些人中，交谈意味着讲述他们在大小官员、远亲近邻手下遭受的磨难。"这是七十九岁的孟加拉作家尼拉德·乔都里[①]在一九七〇年说的话，出自一本告诉印度人如何"快乐地与他人

[①]尼拉德·乔都里（Nirad C. Chaudhuri，1897–1999），出生于孟加拉的印度作家。1950年发表的回忆录《一个无名印度人的自传》是其代表作，后定居英国伦敦。

生活"的手册《活，还是不活》。乔都里从印度人盘根错节的生活观中开掘出一条自己的道路，他认为印度人没有"活着"，他们活得"不健康"，活得没有目的。"我们活着吗？这可能算是个荒谬的问题，因为我们没人自杀，尽管说老实话，我开始觉得我认识的大部分人都应该自杀，因为我看不出他们活着还有什么意义。"

这就是德里那一晚给我的感受。我去那个公寓，希望得到思想参与讨论。但我没有发现思想，只有执迷，没有讨论，只有毫无诚意的抱怨，诱惑人沉溺其中，让人被造作的悲剧情绪包围。

车辆的噪音从窗外传来，我必须集中精神才能听清他说的话。灯光昏暗，我也必须努力才能看见。这里距离"花园城市"新德里市中心很远，是一所位于郊区的政府公寓。找到这里很不容易，因为和新德里郊区其他地方一样，街道没有名称，没有引路的地址，只有一个数字。而且，编号的方式就像市政服务档案，号码用得很旧，转手多次，简直快磨没了。我们的主人是位市政公务员，职位很高却满怀怨恨，他所在的部门根本没有资源去完成名义上该完成的工作。他很快就离开了我们，只留下他简朴的妻子与戴眼镜的幼子（老的差错，新的希望）陪着我们坐，而他则站在昏暗的角落，像一只偷偷进食的动物，挡住自己晚间的猎物，不让我们看见。他焦虑不安地纠缠着一位势力微薄（且极为愚蠢）的外省政客。野心如同绝望一样，野心的尖叫声比那位害怕被捕的反对派男人的歇斯底里、那位失去仆人的女人的沉溺还要尖厉。

我那晚的出租车司机是个锡克族教徒。他年轻时是运动员，至今仍然有着运动员体型。他通过来访的外国运动员了解国外，能说一口流利的英语，他还是报纸的热心读者。他有自己的出租车，在饭店里有一个停车位。我觉得他过得比绝大部分印度人要好，不过他脑子里却只想着移民。他想去一个阿拉伯海湾国家，给了中间人即"掮客"一大笔钱。他说，现在文件就快备齐了，就等着掮客给他"无异议"证明。当然，他也为付给掮客的那一大笔钱犯愁。说起话来就像是已经清楚自己等得太久，开始担心自己被骗了。

对许多人来说，印度走错了路。那么多生活在独立印度的人成了难民，或者寻求难民的身份。而这尚且是在德里，一个景况相对不错的北方移民城市，这里的人民清醒而有活力，印度理应为他们而走上正途。这片土地向东向南绵延上千英里，穿过人口过密的恒河平原和岩石构成的德干高原。在那个可怕的夜晚的最后，似乎无法想象——浦那－孟买沿途的无土地者居住的窝棚，工作在金黄色黄麻捆中的比哈尔童工，孟买市中心分租宿舍和占地居民聚居区，穿梭于维查耶纳伽尔废弃的石头间、身着亮色棉衣的饥民，斋浦尔城外的饿殍。这就像一场无人能够承受的灾难。我没有印度式的保护，而这种保护姿态或多或少促成了灾难。我只能等待黎明。

2

一个无情的政府、一党专政、只有少数人参与的民主制度和衰败的甘地主义表现在国会政治家穿的土布白衣上，它不再是服务的象征，而是权力的统一，看它一眼就令人感到愤怒；而现在有了"紧急状态"、受审查的新闻和秘密逮捕，我们很容易陷入反对派的那种歇斯底里中。

不过，同样容易理解的是，为什么革命消散无踪了。领袖们抬出他们认为颠扑不破的甘地主义真理，把自己当作许许多多的甘地，可是他们显然被群众热情的回应所误导了。而一九七五年的印度不是一九三○年丹地食盐长征的印度。政治行动不能仅仅汇集于简单的象征性行动（从丹地海滩上抓起一把盐）、宗教式行动，以及对某个物体或对被玷污的土地进行仪式性的清洗净化中。一九七五年需要的是更为世俗与困难的东西。印度不需被再次净化，她应该如甘地夫人直觉到的那样，被整肃和鞭策。应该看到，它需要的是更为世俗的机遇。"紧急状态"的疾风骤雨呼应了公众情绪，消除了旧有的挫折感。民众平静地回家了。

德塞先生那类人的甘地主义和他所反对的那些人的甘地主义一样，是一种出风头和空洞的东西，它什么也提供不了。牺牲的是别人（所谓甘地夫人房子外的尸体），德塞先生（从他与外国记者的访谈来看）认为自己是安全的，甚至可以免于被捕。革命是愤怒和反对的表达方式，但那是一场不见思想的革命。它只是情绪外泄、是沉溺，它不能令印度前行，而革命的民众对此非常清楚。革命的核心被荒唐地提升到政治程序的高度，但它其实不过是旧的甘地式行动号召的微妙歪曲。革命的核心是印度旧有的面对挫折的态度，是溃败的念头，是从现实世界转向、回溯历史，是对老道路的新发现，即"简朴"。

简朴——这是在德里那晚反对派男人的执迷之处，就是它令讨论变得不可能。简朴就是老印度，就是甘地。它反对独立的印度所做的一切。而作为政治－道德抗议的动因，它却可以用之不竭。已经做了的一切都是错的，一无是处。简朴的反面就是降临在印度身上的强权政治，简朴的反面就是镇压、集中营、希特勒。印度正沿着这样的方向前行，这样的印度还是被碾成碎末更好。捷克斯洛伐克是个小国家，捷克斯洛伐克有过苦难吗？这种对当前历史的观点令人吃惊。不过他是个受伤的人，他的甘地式的简朴（像德塞先生的那样）无异于原始人的仇恨。

对于他的那种简朴，只能以否定的态度来界定。这是对现代国家理念的一种离弃。（国防？谁会、谁又能够征服印度？这样的观点出自一位承担责任的人，一位有自己观点的人，而此时的印度在经历了千年的侵略和征服之后，刚刚赢得二十九年的完全独立!）最为关键的是，简朴是对工业发展观念、对机器观念的离弃。甘地式的纺轮和手织机就能够拯救农民，让印度在它的村庄中保持安宁。（尽管那样的工程建设、那样的电力需求、那样的组织、那样的砖砌水渠历史上第一次把饮用水带到了北方哈尔亚纳的沙漠村庄。当然不可能带到每一口水井里，而是每个村庄里都建起了一到两个给水塔。）

这种简朴的观念（引用西方资料以实现印度式的倒退并俨然成为政治行动的基础），是一种更衰弱、更老旧的东西。也许它不过是对发展中可能会遇到的困难的离弃，是智识的必然投降，是宗教意义上的放弃，是对古老印度式幻想的屈服——印度历史的神秘感，永恒印度会永获重生与成长的理念，把印度乡野中的贫困和农奴制度（步伐笨拙的秃鹰在雨中争夺动物肿胀的尸体）变成田园牧歌式回忆的转换。回忆的那段时间既切近而又刚好不可企及，那时候人们认得未受亵渎的神灵，而神灵对婆罗门有求必应，公牛拖犁，母牛产奶，这些牲畜的粪便肥沃了田地，农作物的茎秆覆盖着纯净者的简朴小屋。

这种印度历史！对圆满与纯净的幻想迷惑着现实！在伦敦的印度反对派团体出版了贾亚·普拉卡什·纳拉扬被捕前一晚的演讲。其口气与同一天德塞接受外国记者采访时的信誓旦旦之辞很不一样。纳拉扬的演讲是解释和通告，是一个立宪主义者的演讲，充满事实和相关背景；它引用了印度最高法院的法官们以及艾弗·詹宁斯爵士①的话。但同时也是一位面对大众的印度政治活动家的演讲，其中有一段富于哲学性和历史性，必须完整摘引。

青年、农民、工人阶级，所有能表达意见的人都要宣布，我们不允许法西斯主义在这个国家露头。我们不许这个国家进入独裁统治。我们将保持人民当家的政府。这里不是孟加拉，这里不是巴基斯坦，这里是巴拉特②。我们有自己的古老传统。几千年之前，我们就有了小村庄共和国。这样的历史就在我们身后。每一个村庄里都有着实实在在的村级"潘查耶特"。在孔雀③、笈多④、帕坦人⑤、莫卧儿和帕什瓦⑥的时代，我们都有自己的潘查耶特。英国有意破坏了这个传统，以便加强他们自己对这个国家的控制。在孟加拉和巴基斯坦也曾有这样的古代传统，不过他们似乎已经放弃了。甘地吉⑦总是说，印度自治的含义是罗摩之治。印度自治意味着每个村庄都有自己的规则。每个村庄、每个乡镇都将自行处理事务。他们绝对不能将命运交给他们的代表，让"高层"来决断

①艾弗·詹宁斯爵士（Sir Ivor Jennings），英国20世纪著名的宪法学家。
②印地语中的"印度"。
③古印度摩揭陀国的王朝。
④公元4世纪至6世纪统治印度北方的王朝。
⑤分布在阿富汗东南部和巴基斯坦西北部的民族。
⑥印度马拉塔政权的首相职位。19世纪初为英国人废黜。
⑦即圣雄甘地，印度人在人名后面加"吉"以表示亲切。

所有事情。

这段文字始于反法西斯的呼吁（并且赋予了印度一个"工人阶级"，几乎是在准备一场现代斗争），很快就有没那么直来直去了。印度成了古老圣土巴拉特，并且被神秘地唤起了历史：为了把话题转到英国统治时期的亵渎，演讲者回顾了十八世纪马拉地的土匪王，提到了穆斯林征服者（莫卧儿王朝和帕坦人），一跃千年回到纯印度人的笈多王朝（公元三二〇至公元六〇〇年），又回溯五百年到了孔雀王朝（公元前三二二年至公元前一八五年）。经过所有这些帝国、成就、混乱、征服、劫掠，印度版图不断并入穆斯林世界——人们仍说印度保持着灵魂，保存着她的村庄共和国民主方式，她的"人民的政府"。民主不是舶来品，印度早有民主。要重新发现民主，印度只需重新发现自己。

而此后，纳拉扬把这种重新发现转换成了更神秘的东西。"甘地吉总是说，印度自治的意思是罗摩之治"，印度自治意味着自我统治、自我治理，这是英国统治时代对印度独立的称谓。罗摩之治则是其他的东西，是罗摩①的统治，是一种极乐幻想。罗摩是印度教的神圣史诗《罗摩衍那》中的英雄。史诗所反映的事件大

①印度教神祇名，毗湿奴的第六、第七、第八三个化身之一。

约在公元前一千年,由一位具名的诗人① 整理记录,与《埃涅阿斯记》②
同时,不过（与《埃涅阿斯记》不同）它始终是一首鲜活的诗歌
而不仅仅是文学,所有印度教徒（即使是文盲和受压迫者）从小
就熟知。罗摩体现着所有印度教雅利安人的美德,他是人也是神,
他的统治——在经历被驱逐和伤痛之后——就是神在大地上的统
治。在对他冒险的叙述中充满了儿童式的想象,任何一个印度
教徒都不会忘记童年时对那些人物和故事的亲近感,他直到长
大以后才知道那些事只是神话,是把那些非传奇的东西传奇化
的产物。

　　印度教徒早就知道,"罗摩之治"失落已久,它一方面是遥
远而不现实的,只不过是个词汇,另一方面又像童年一样,虽然
远去但只是刚刚才变得不可触及。从印度最出色的商业管理者之
一普拉卡什·谭顿的自传《旁遮普世纪》（一九六三）中,我们
可以全面了解甘地在一九一九年开始他的印度斗争时提出的罗摩
之治以及它当时的政治影响,甚至是在一个群情激奋的年代对一
个专业者家庭的影响。"这些来访者,"谭顿写道:

　　　　谈论着印度的自由,我们为之着迷。不过当他们用我们

---

①指蚁垤。
②古罗马诗人维吉尔用拉丁文写成的十二卷史诗,记述埃涅阿斯在特洛伊陷落后
的经历。

熟悉的类比和习语谈到黑暗时代①时,我们明白了他们的用意。早有预言说,印度的生命与历史经历了七个时代:曾有过黄金时代,那是真理、公正和繁荣的时代;以后则有黑暗时代,虚假、道德败坏、奴役和贫穷的时代……甘地把印度重新命名为"巴拉特妈塔"②,这是个会引起怀旧记忆的名称,而且与"高妈塔",即圣牛之母有关联……他……说英国的和平是奴隶的和平。渐渐地,一幅新画面展现在我们头脑中,印度走出了黑暗时代,来到了一个全新的自由与富足时代:罗摩之治。

将近六十年后的一九七五年,贾亚·普拉卡什·纳拉扬的诉求是一样的。"印度自治的意思是罗摩之治。"我们远离了印度的"工人阶级"和反法西斯主义者的斗争,远离了政治体系和历史沉思,回到了印度教世界的开端,回到了"怀旧的记忆"。我们回到咒语的慰藉中,回归甘地,把他当作印度唯一的真理。好像英国人仍然统治印度,好像甘地从不是特殊的环境所塑造的,好像印度的政治环境始终没有变化,如印度自身一般永恒,所需的

———————————

①印度教所称的历史循环共分四个时代:吉利多、特雷多、德伐波罗和迦利。又称黄金时代、微明时代、薄暗时代和黑暗时代,四者合为一个大时代。与古希腊神话类似,四个时代分别代表了人类由天真、幸福、受神庇佑,到逐渐变得残忍、贪婪、失去信仰的四个阶段。
②意为"印度母亲"。

也总是同样的解决之途。这真是讽刺。贾亚·普拉卡什·纳拉扬所反对的印度专政与当代印度政治生命的贫弱，一个是无法动摇的权力，另一个则是因"甘地主义"的失败而执迷的反抗，混杂着政治历史幻想和宗教性的升华——其讽刺意味在于，为专政和政治贫弱提供保障的恰恰也是甘地的巨大成功。

是甘地令国大党有了扎根乡村的群众基础。五分之四的印度人居住在村子里，国大党是印度唯一拥有农村组织的政党（一些地区性政党除外），它不能失去农村。反对党，即使是像"人民同盟"那样的印度教复兴主义政党，都是城市党。在村庄里，国大党仍然是甘地的党，经过近三十年未曾间断的统治，国大党建立起的村庄专政已不容易动摇。在乡下，应该留意的是那些身穿白色土布衣服的人。他们是有权之人，是政客；他们的权威根植于对种姓与宗族的古老敬畏，他们的权威被独立和民主所尊崇。

就像一天下午，在南方一个大型灌溉工程的工地上被介绍给我的两个"农民"。在吃完午饭、访问完办公室和景点后，我提出要访问田野和农民。灌溉项目负责人，尽管穿着夹克、打着领带（象征他的高层管理地位），还是开始显得紧张，如同害怕别人擅入领地。衣衫褴褛的人们不声不响地聚拢到我们周围，他们显然是在土地上工作的，不过我想他们不是农民。他们是谁？他们是劳工，甚至连劳工都不如，什么都不是，管理者对他们不屑一顾。一辆政府的吉普车被派出去接负责人声称认识的两个农民，在多雨、阴郁的昏暗中，我们在潮湿的木材场等了很长时间，我们周围的人群越聚越多，直到农民到来。他们三十多岁，灵巧地跳下吉普车，穿着一身国大党的白色甘地式土布制服。其中一个刚洗过澡，说一口流利的英语，还戴着一块大手表，另一个高大而苍白，大腹便便，戴着甘地帽。他们根本就不是农民，而是地主和政客，是地区的管理者，在来访者面前装扮成农民，上演民主把戏，他们每人都靠着六英亩土地的收入为生。在等了那么久后，他们只把我从木材场带到一路之隔的一小块灌溉过度的土地上，现在天已经黑了，只有他们的白色土布衣服还熠熠生辉。而我们周围的那些农奴食不果腹，没有土地，一文不名，待遇非人，他们黝黑的面容和灰暗的破衣烂衫消隐在暮色中。

贾亚·普拉卡什·纳拉扬建议，为了让民主生效、废除专政，印度必须切实回归自身。甘地提出的"罗摩之治"已经不再仅仅意味着独立和没有英国人的印度，它意味着人民的政府、重建古代印度村庄共和、远离德里或国家首都的那些办公楼。不过这等于什么都没说，这是把印度留在原地。看上去似乎是政治纲领，其实不过是喧嚣与宗教狂热。人民政府和古印度乡村共和观念(那是个空想观念，是从独立斗争时代遗留至今的民族主义神话)根本不是一码事。古印度有其特殊的残酷性；不是所有人都能成为人。而且，在他抗议演讲的后部分，他反对的正是这个古印度(尽管纳拉扬对这种矛盾毫无自觉)。

她（甘地夫人）谈到了"哈里真"（不可接触者）所享受的福利。难道她一点不为近来对哈里真们所做的错事感到羞耻？在北方邦（甘地夫人的故乡）和比哈尔邦（纳拉扬的故乡），整个贱民村被付之一炬，其中一个哈里真被活活烧死。她根本没有资格代表哈里真们说话。那些穷人并不明白所有这些诡辩之词。在我最近去过的比哈尔村庄地区，多少哈里真被残忍屠杀！

印度要回归自身，屈服于它的内在冲动，印度又要解救自身。崇拜者们把贾亚·普拉卡什·纳拉扬的观点说成马克思主义与甘地主义的统一体，可它实际上不啻为废话。他把古老的宗教冲动当作政治洞见，这让他成为自己所反对的贫弱的一部分。

一个激进的马克思主义记者（期待革命，拒绝所有的"姑息"）告诉我，印度的"工人"必须被政治化。必须告诉他们，是"制度"在压榨他们。国大党掌权近三十年，它已成为制度。但这个制度始于何处，终于何处？它是否包括了宗教、种姓与宗族的安稳、印度的认知方式、"业"以及古代的农奴制？但没有一个印度人勇于对政治自省到这个程度。没有一个印度人能达到这样的层次——认识到错误就存在于文明自身之中，印度的失败和残酷可能会涉及全体印度人。甚至是马克思主义者。他们梦想着在特别的一天奇迹般发生革命，梦想着专政被推翻，梦想着"人民"那时沉浸在"民间"欢庆的快乐中——像那位马克思主义记者报说的，历经千年的压迫，民间仍奇迹般地保持完整——即使在马克思主义者们勾画的未来蓝图上，印度也不是一个被推倒重建的国家，而是完全回归自身受到了净化的国度，是"罗摩之治"的景象。

流亡中的印度右翼反对党极不寻常的一个特征，就是对印度古制和荣光的坚持。一九七六年四月在伦敦召开的"重建印度民主国际研讨会"上，听众们得知，亚历山大大帝远征印度（公元前三二七年）时，并没有打败旁遮普的波鲁斯大王。西方历史撒了两千年的谎：是波鲁斯打败了亚历山大，逼迫他撤退。亚历山大在印度的经历有一半是真实的；但话题在当前这个气氛中说出，令人出乎意料。不过它还算可以想象。在研讨会的议程手册上，一位荷属西印度群岛的商人（安居于其他文明所创造出的其他的经济与政治制度下）在空白处印了一段话，那是把印度教于本世纪初传入美国的吠檀多派学者斯瓦米·维韦卡南达①的话：

> 我们的圣地以及它辉煌的历史啊。如果这大地上有什么地方可被称为至福圣地，大地上的灵魂必来此偿清"业"，每个曲折向神的灵魂必来此达其最后居所，人性在此达到其追求高洁与平静的最高层次，总之，一块内省与灵性之地——那就是印度。"抗议"！"重建民主"！

---

①斯瓦米·维韦卡南达（Swami Vivekananda，1863－1902），印度哲学家、印度教改革家，法号辨喜，提倡实践哲学，重视社会改良，创建罗摩克里希纳教会（1897），首倡"新吠檀多派"，著有《现代印度》、《吠檀多哲学》等。

"对我们印度人（包括我自己）来说，保持批判态度，不对复古的情感随波逐流，这需要付出更大的努力。"新德里尼赫鲁大学的心理学家苏德尔·卡卡尔医生在最近的来信中写道。"印度知识分子要在两条战线上斗争——内在的和外在的——因为，和法国或德国截然不同的是，我们总是把早期的童年看作人生的黄金时代，就好像总把远古时代当作印度历史上的黄金年代一样，这就是我们在成长中的命运。"

　　所以，在印度所有的痛苦中（现在是生命中的现实，永恒不变），抗议也是回溯历史，回到想象中被毁坏、明知已失去的地方。就像童年，印度这段黄金般的历史不是通过探究来把握的，而只是被心醉神迷地沉思着。历史是一种宗教观念，蒙蔽着智识和艰苦的认知努力，麻痹着恶劣年代中的痛苦。甘地就被纳入这样一个历史（内心距离极为迫近）。他也成了印度所失落的一部分，他自己就是怀旧记忆的对象。要把握他，或以他的名义行事，就要有重获净化的幻想和历史幻想，而要把握他，人只有反观内视。在印度，每个人都是甘地主义者，每个人都有自己的甘地主义观，如同每个人都受甘地提出的"罗摩之治"启发，得出自己的想法。

3

国大党分裂后的一九七一年，甘地夫人呼吁进行中期选举。我在半沙漠的拉贾斯坦邦阿杰梅尔选区考察这次选举。跟甘地夫人阵营里的候选人对峙的，是一位参加过独立斗争并进过监狱的老年盲人议员。他对自己坐过牢这件事有些自负，说起来，似乎那位没进过监狱的年轻人（没法进，因为英国人已经走了）简直称不上有"服务记录"。

他是一位甘地主义者，穿着高雅的土布衣服。他颇有荣耀，是位德高望重之人。作为一位专长于土地税案件的律师，他还很富有。他告诉我，贫穷的农民从邦里各处来找他。他在独立后担当立法者的经历虽无可指责，也无可标榜，尽管他认为自己在圣牛保护方面的立场经得起任何人的检验。他还说自己参与过为特定的烹调油打上正确标志的运动。如果说他没能做更多的事，那大概是因为他没看出有更多事需要他去做。像以前一样，他的主要责任就在于保持甘地主义的祈祷轮常转不停。

拉贾斯坦邦饱受饥荒与干旱折磨，刚刚遭受了持续八年的旱灾，部分地区草木凋敝，变成了沙漠。但这位老议员在竞选过程中（或者说在我所看到的过程中）没有向任何人许诺任何事，也没有提出任何见解，他提供的所有东西只是他自己、他的甘地主义以及他的服务记录。（应该说明的是，那里有很多复杂的种姓问题需要大力解决。)

有一天，我们坐着他的竞选吉普车穿越沙漠，我问他，他格外敬仰甘地哪一点。他毫不犹豫地说，他敬仰甘地在一九三一年时缠着腰布去白金汉宫："这个举动把贫穷的印度置于世界面前。"就好像世界此前并不知道这点似的。但对这位老议员来说，印度的贫困相当特别，我的印象是，他作为一个甘地主义者，不希望看到有人破坏了贫困。老人不喜欢机器，他告诉我他听说西方人也开始反对机器了；而且尽管身在饥荒地区并请求人们投票给他，他还是强烈反对引输水管道和电力入村。管道水和电是"道德败坏的"，特别是对村里的妇女而言。她们将拒绝珍贵的"劳作"，变得"怠惰"，她们的健康也会受损。再也没人"从井里汲取健康的水"，再也没人用老式石磨碾玉米，一切都西化了。

老议员落选了，而且是惨败。理由很简单，他没有组织。（他以前曾操纵过的）国大党地方组织现在都坚定地站在甘地夫人和她的候选人这边。老人忘了这点。宣布结果的那个下午，我去看他。他坐在客厅的绳床上，身着白衣，形容沮丧，几个沉默的追随者端坐在大理石地板上，在他失败的时刻支持着他。掌权几十年之后，他被淘汰出局了。老议员从他的落败中看到了甘地主义印度的死亡，他曾界定那个印度，说那是人们相信"途径与结果应同等公正"的地方。

"这里不再有道德了，"老人说，"欧洲马基雅维利式的政治已开始触及我们自己的政治，我们将沉沦。"

　　他对自己的政治无能视而不见，对他自己甘地主义的服务概念徒然自保，但他对印度的评价倒说对了一半，这其中的缘由他并不明白。"古代情感""怀旧记忆"，当这些被甘地唤醒时，印度便走向自由。但由此创造出的印度必将停滞。甘地把印度带出了一种"黑暗年代"，而他的成功则又不可避免地将印度推入了另一个黑暗年代。

第八章　复兴抑或继续

1

甘地活得太久了。一九一五年，四十五岁的他从南非回到印度后，一直游离于当时成名的政治家之外，投身于未受政治沾染的社群和团体，在各地发起纯地方性的事业（土地税、工厂罢工），然后他迅速在一九一九年到一九三〇年间把整个印度拉入一种新型的政治生活中。

不是所有人都赞同甘地的方式。他听任"内在声音"明显专断的命令，这点令很多人惊愕。一些印度人仍把二十世纪三十年代的政治僵局怪罪于他，他们说，甘地不可预测的政策，以及对释放出的力量的管理无能，无谓地延长了独立斗争，把自治推迟了二十五年，浪费了许多优秀人物的生命和才能——印度政治的管理权在二十世纪三十年代转移到了别人手里。

甘地自己（像早年启发他心智的托尔斯泰一样）沉沦于更长期、更私人化的圣雄事迹。其强迫性行为总是被公开，其实它们应该是个人性的，比如，在禁欲四十年后，他在晚年出现了性焦虑——这点也几乎是托尔斯泰式的。那段低落期正值他声誉鼎盛之时，所以即使活着，"他也已成为自己的崇拜者"。他成为自己的象征，他模仿自己的圣行，他成了争相膜拜的对象。人之为人的知性缺失了，圣雄事迹淹没了他早年所有可作多种解释的行为、所有的政治创造力、如此多的（印度的）现代性思想。他最后还是被旧印度——那个他用他南非的目光已清晰看透其政治缺陷的印度——所声讨。

那时候他所创新的并非是早已存在于印度传统中的半宗教性政策。他所开先河的是在南非所采用的斗争的性质。他没有表达身上最具革命性也最非印度性的东西，也许那是作为一个印度人而无从表达的东西：他的种族感，一种作为印度次大陆人的归属感，这才是二十年南非生活教给他的东西。

种族感对印度人来说是陌生的。种族是他们用来观察其他人的方法，但他们相互间只知道次种姓或种姓、部族、血统、语言集团。他们无法超越于此，他们并不认为自己属于一个"印度种族"，这个词毫无意义。从历史上说，这种内在凝聚力的缺失是印度的不幸。在南非，甘地很快发现，这是小规模的印度人社群最严重的弱点，他们互相倾轧、一盘散沙，富有的古吉拉特穆斯林商人称自己为"阿拉伯人"，印度基督教徒只宣称他们是基督徒，两者都把自己同马德拉斯和比哈尔邦的契约劳工区分开，不过他们都是种族法所针对的印度人。

如果说，在伦敦学习法律时，甘地出于信仰，明确自己是一个印度教徒，那么在南非，他进一步发展了其种族意识。没有这种意识，落后而被欺凌的少数民族就会被完全毁灭，这种意识对于在南非的甘地而言如同其宗教感的延伸，教会人责任感和同情心，告诉人们没有人能够孤立存在，而上等人的尊严是和下等人的尊严共同进退。

"他的印度教民族主义玷污了一切。"托尔斯泰在一九一〇年谈到甘地时这样说，那时甘地尚在南非。在他的自传里，这种渐长的非印度式的印度团体认同十分明显，表现在古吉拉特商人们提出反印度法案时他对这种冷漠的惊愕，一个泰米尔契约劳工遭雇主毒打后来到他的办公室时他对这种景象的震惊。而这样的惊愕与震惊，与他一八九三年第一次去比勒陀利亚旅行途中所遭遇的羞辱紧密相关，那年他二十三岁。甘地永远忘不了去比勒陀利亚的那夜旅程，三十多年后谈起，他仍然视之为人生的转折点。①

---

①甘地当年持头等铺位票坐火车去比勒陀利亚。晚上行至纳塔尔省的马利兹堡时，车上的官员要求甘地去货车车厢，甘地不从，官员和警察便强行把他赶下火车。根据南非当时的法律，铁路当局的做法是合理的。

不过在自传当中，种族的主题并没有被如此彰显。它总是被宗教的自我探索、"体验真理"以及对普遍性的尝试所模糊，尽管在进入中年以前的二十年里，他实际上一直是民族领袖，为民族而战斗，而他也是以民族领袖的身份回到印度的，这令他成为了那些成名政治家中的异类，因为对那些人来说，"印度"仅仅是一个词汇，每个人都有他自己的宗教或种姓权力基础。印度人在印度并不是少数民族，甘地在南非见识过的种族政治在这里是不可理解的。至少他在印度早期所做的一些可有多种解释的行为，可以追溯到他在南非获得的种族－宗教经验，他希望重复这种经验，摆脱宗教、种姓与地域方面的政治分歧。比如，他近乎固执地坚持，说印度并未做好自治的准备，印度首先应清除自身的不公正；他对于自治的神秘定义；他强调去除所谓"不可接触者"等级；他为了团结穆斯林与印度教徒，在琐碎的穆斯林问题上表达支持。

在印度，他无法系统阐述南非的种族教训，这样做的难度也许更甚于描述一八八八年他作为一个年轻人在伦敦的所见所闻。关于种族的信息总是混合在宗教信息中，这就令他卷入了表面的矛盾里（反对不可接触制度但不反对种姓系统，身为虔诚的印度教徒却呼吁同穆斯林的团结）。在南非艰难取得的经验，到了印度却一再简化，最后变成一个圣人去做"不可接触者"才会做的厕所清扫工作，这被视为是在谦恭修习，最后变成圣人呼吁友情和爱，最后毫无意义。

到了二十世纪三十年代，穆斯林脱离了甘地，转而投奔穆斯林领袖，宣扬分治的理念。一九四七年国家分裂，数百万人被杀害，更多人被驱逐出他们祖先的土地，这种大屠杀可以和纳粹德国制造的人口灭绝相提并论。一九四八年，甘地被一个印度教徒刺杀，因为他破坏并背叛了印度教的印度。这是讽刺之上的讽刺。南非的印度早已迷失在印度教的圣雄之中，到最后，圣雄的事迹反对了他的印度本源。

贾穆那拉尔·巴加吉，一个北方商人阶层中的虔诚印度教徒，曾是甘地在印度最早的经济后盾之一。他为甘地在瓦德哈成立的著名学院提供了土地和金钱，选择瓦德哈这个村子是因为它地处印度中央。巴加吉于一九四二年去世，其遗孀把他的金钱大量捐赠给保护牛的团体。维德·梅塔最近为完成《圣雄甘地与他的门徒》一书采访了这位老人。巴加吉夫人说，一九四八年甘地去世后，她转而尽忠于公认的甘地继承者维诺巴·巴韦[①]。"我跟随巴韦许多年，"巴加吉夫人告诉梅塔，"每天走十到十五英里，为穷人乞求土地。每天拔营起帐，非常艰苦，因为我只吃我亲手准备的食物。谁都知道穆斯林和哈里真有肮脏的生活习惯。"说到这里，嘴里一直嚼着什么东西的老妇人啐了一口。

但结局包含于起始之中。"对我来说，尘世生活是没有解脱

---

①维诺巴·巴韦（Vinoba Bhave, 1895－1982），印度的苦行者，早年追随甘地，20世纪50年代倡导捐地运动，呼吁地主捐献土地以分给"不可接触者"，即贱民。

之途的，除非是在印度。所有寻求解脱之人……必须去印度神圣的大地上。对我和对所有人来说，印度大地是'受难者的庇护所'。"朱迪斯·布朗在她研究甘地介入印度政治的专著《甘地朝向权力之崛起》中引用了这段话。它出自甘地一九一四年为他在南非创办的报纸所写的一篇文章，那是他在南非最后的日子，很快他就将取道英国返回印度。经过种族斗争，这位南非领导者带着他当前对西方工业文明的深层厌恶，准备回到印度教的圣地印度：即使是刚开始，他就已经非常多样化了，人们不得不从中寻找他们想找的东西，或者是他们最容易把握的东西。

朱迪斯·布朗引用了他在发表报纸文章的几个月前写给亲戚的一封信："生命真正的秘密似乎在于顺其自然地生活于这个世界，不要执着。我们和其他人可能就容易达到解脱（拯救，贯注于'一'，摆脱轮回）。这包括为自我、家庭、社群以及国家服务。"这一信仰的宣示显然是一个至少包含四类人格的统一体。印度教不执着于拯救的梦想；一个受西方宗教思想影响的人认为个人行为能令他人轻易地获得拯救；南非印度人呼吁最广泛的社会忠诚（社群，印度社群)；政治运动者以他对英国法律和机构的尊重（和依赖）强调为国家服务。

这太复杂了。这个繁复的南非思想体系中的一些要去印度圣地，而很多已经去了。种族的暗示仍未被表达出来，而为国服务的观念则被大肆挥霍，它被神圣性、被印度的屈服、被独立斗争的延长、被圣雄对机器（它们立刻成为压迫与西方的象征）的顽固厌恶所大肆挥霍，这一观念极具侵犯性，且难以管理。

对于甘地在印度独立后的继承者维诺巴·巴韦来说，甘地主义理想是国家的"凋零"。或许他几年前就那么说过。国家的凋零是什么意思？什么意思都没有。它是说："我们第一步要实现'村庄自治'——诉讼和争执就在村内获得评判和解决。然后是'罗摩之治'（神之王国）——不再有诉讼和争执，我们像家人一样共同生活。"巴韦二十多年前就这样说过（引文出自一本意大利人撰写的称赞他的传记，伦敦一九六五年出版）。类似的话在如今更为危急的"紧急状态"时期一直被其他人所重申。自紧急状态以来，《印度画报周刊》一直在开展关于印度宪法的讨论，最近一期有篇文章的标题是"需求：甘地主义的宪法"。作者曾担任邦长和大使，他只不过在呼吁村庄治理，也趁机提及他与甘地的相遇，与文章相配的照片是作者和他妻子坐在楼梯上，用一个小手磨以一种虔诚的惯性碾磨着他们日常食用的玉米。

这就是很早以前被圣雄事迹降格了的甘地主义：宗教的狂热和宗教的自我炫耀，空手变出魔术，摆脱建设性思想和政治责任。真正的自由与真正的虔诚仍然被认为是从艰难的世事中退守。在独立后的印度，甘地主义仍然是被征服人民的慰藉，对他们来说，这个国家曾经是被别人控制的异乡异国。

也许唯一一个具有甘地的种族感和整体印度观念的政治家就

是尼赫鲁，他像甘地一样，或多或少是在印度的流亡者。开始时他们看起来如此不同，不过甘地和尼赫鲁只相差二十岁，两个人都被在国外度过的那些关键岁月而被塑造。在自传中，尼赫鲁说他被哈罗公学中流行的时髦的反犹太主义影响着，很难不在意自己的印度身份。

具有讽刺意味的是，在独立后的印度涌现出的政治家们与甘地在当时缺少西方式成熟政治家的情况下引入政坛的人物们相差不远。他们都是出自小城镇的地方主义者，他们保持着褊狭的特点，因为其权力基础是对种姓与地区的效忠。他们并不总能领会整体印度的观念。相反，从六十年代起，他们只强调印度需要"情感融合"，只讲关于分裂的话。包含了尊重个人，甚至包含"人民"这个概念的种族感和从前一样，与印度相去甚远。所以即使是马克思主义也仅仅剩下口号，一种模仿形式，"人民"经常被替换为某一地区的人民或某一种姓的人民。

甘地风靡印度，但他没有留下意识形态。他唤醒了圣地，而他的圣雄事迹又令其重返古代，他让他的崇拜者们变得空虚自负。

2

甘地继承者维诺巴·巴韦与其说是一位圣雄，不如说是一个吉祥物。他属于古老印度传统中的贤哲，远离凡人，但又没有远到无法令凡人们借由供养体系来侍奉他的程度。王公为求得永恒真理，拜伏在这样一位贤哲面前。这是印度绘画中反复出现的主题，无论在印度教宫廷还是穆斯林宫廷都是如此。王公衣着华丽，是恳求者；贤哲安详地坐在屋棚外或树下，灰尘满身、食不果腹，其高尚的内在生命却满溢而出。贤哲没有什么特别的智慧可以提供，他的重要性仅仅在于他的存在性。而这就是巴韦作为甘地的继承者在现代印度为自己塑造的古典角色，这角色和一八九三年在南非的甘地、一九一七年在印度的甘地相距一两个世纪。他并不是一个特别有才智的人，作为圣雄的一个无甚缺点的门徒也不算有独创性，他对政治的看法无异于废话。但他已经很老了，已故圣雄的某些光环还悬挂在他身上，政治家们也愿意让他站在自己一边。

二十世纪五十年代的一段时间，巴韦与后来成为反对派领袖之一的贾亚·普拉卡什·纳拉扬来往甚密。一九七五年六月政府宣布"紧急状态"，纳拉扬被捕，此时社会上有些焦灼，不知道巴韦会说些什么。但事件发生时，巴韦正缄口不言。圣雄晚年有个习惯，每周有一天缄默日。巴韦仿效圣雄，但凡事总是过头，他为自己规定了一年的缄默期，那时离缄默期结束还有几个月。然而，最终有报道说，这个老人通过在调查问卷的记分格上打钩的方式发表了各种各样的意见。他做出一些暗示，表达了对冻结宪法以及宣布国家进入"紧急状态"的支持。

后来他生病了，甘地夫人坐飞机去看他，她的私人医生为他进行了检查。在德里的一次会议上，甘地夫人在严密的保安下为巴韦的八十岁生日祝寿。我听说，在"紧急状态"所有的不确定中，甘地夫人再次强调禁酒是政府的目标之一，这对巴韦来说意义非凡。与此同时，六位医生看护着这位垂垂老矣的圣贤，在这样的悉心照料下，他终于度过了缄默期，在一九七六年一月，他开口说话了。他说，时候到了，印度该由多数人管理转向全体一致管理了。这话对一个八十岁老人来说颇为狡黠。宣言本身并没有太多意义，但它表明，他仍然受到关注，而印度也仍然受到他的圣行的庇护。

巴韦本人其实没什么可说的，像他那种回归中古的人，印度该有几百甚至几千。他重要，因为他是当代印度所有的道德参照，因为在过去三十年中，他成为了甘地的权威阐释。他给印度灌输什么是真正的甘地主义的理念。尽管关于甘地的一生有着详细的资料，尽管研究和史料丰富，但在贫于历史感、富于神话性的印度人脑中，甘地本人不可能比巴韦解释的那个神秘的甘地更丰富。

现在的政治家从某一立场出发谈到甘地或者甘地主义时，他们指的其实是巴韦。巴韦尽心竭力地拙劣模仿了一辈子，他已经吃透了老师的风格。甘地经过一番斗争后，在三十七岁那年立誓禁绝性欲。巴韦在童年时就立下了同样的誓言。这就是他的方式。

在他拙劣的模仿中，圣雄复杂的人性全部失色，成了简单的神性。巴韦从一开始探寻的就是只在简单的驯服中获得拯救的方式。但是，通过服从被他简单理解为律令的事物，通过把圣雄的事迹夸大成更为显著的姿态，他成了一种更为老旧的东西，比晚年的圣雄还要老旧。

甘地是被伦敦、法律学习、在南非的二十年、托尔斯泰、拉斯金①和《薄伽梵歌》共同塑造的。巴韦则仅仅被甘地的学院和印度塑造。他很小的时候就来到艾哈迈达巴德学院。他在厨房和厕所工作，坐在纺轮前度过了太长的时间，以至于甘地都担心这种劳作热情会对这个年轻人的思想产生不良的后果，于是便打发他去学习。他在圣城巴纳拉斯学习了一年。巴韦的意大利语传记《甘地到维诺巴：新的朝圣》（*Gandhi to Vinoba: the New Pilgrimage*，1956）的作者兰扎·德尔·瓦斯托②对这些学习的神奇性质作了这样的介绍：

> ……显然，他向恒河岸边的隐士请教过如何凝思、聚神、屏息，唤醒盘旋于脊柱底部的蛇形火焰，它穿过意志中心而

---

①拉斯金（John Ruskin，1819－1900），英国评论家、社会改革家。推崇哥特复兴式建筑和中世纪艺术，捍卫拉斐尔前派的艺术主张。
②兰扎·德尔·瓦斯托（Lanza Del Vasto，1901－1981），意大利贵族，1936年在印度结识圣雄甘地，被称为甘地的"第一位西方门徒"。后在法国南部一小岛上建立"方舟公社"。

升腾，直达头顶上的千瓣莲花，超越了"我"，发现了"自我"。

有一天在巴纳拉斯，一个学文学的学生向巴韦请教四世纪晚期诗人迦梨陀娑创作的梵文戏剧《沙恭达罗》。对于了解《沙恭达罗》的人来说，这是个不错的话题，从译本来看，《沙恭达罗》像是一部关于"相认"的传奇小说，而实际上它却被认为是梵文文学最辉煌的作品之一，产生于印度文明的黄金时代。但巴韦却对提问者相当粗暴，他说："我从没读过迦梨陀娑的《沙恭达罗》，也绝不会去读。我学习神的语言不是为了用恋爱故事和琐碎文字来自娱自乐的。"

对巴韦的传记作者来说，这是巴韦之完美的一个组成部分。就这样，印度教灵性以自身的局限性吞噬并消解了那个印度人为之自豪但又普遍陌生的文明。巴韦的灵性完美是虚无的，他早已不只是一个堕落的甘地主义者。他的宗教是一种野蛮主义，让人回到树丛当中。这是一种贫困和卑微的宗教。所以毫不奇怪，巴韦的教育观念和斯奎尔斯①先生的一样。把孩子们赶到田野里，到牲口中去，这毕竟是克利须那神接受的唯一的教育。

巴韦的意大利传记作者离开欧洲远赴印度悠然度假时常会被传主的东方智慧激动得不能自已，他与周围的那种物质贫瘠是如此协调。书中拼凑了许多大师的话。（巴韦尽管发表过东西，但

---

①狄更斯小说《尼可拉斯·尼克勒比》中一个刻薄无知的教育家的名字。

并不信任著述，人们必须从他的谈话中品味其人。）以下是政治的巴韦："人民自主的意愿相当于 1，国家的意愿相当于 0。它们在一起是 10。如果只有 1 或者只有 0，10 还是 10 吗？"以下则是巴韦在一九五六年前谈到机器的邪恶时说的话："最丰富的粮食是聚集在从空中播种的美国，还是在所有土地都被分割成小块进行手工耕种的中国？"

现在很难想象，一九五二年，新独立的印度与许多国家一起，秉持其自身的价值观念，巴韦上了《时代周刊》的封面。圣雄的继承者，甚至几乎就是圣雄本人！这是巴韦在开始他的"捐地"运动后不久的事情。"捐地"是他解决印度无地者问题的甘地式努力，他的名字至今与这项事业相连。巴韦的计划是徒步周游印度，走啊走，也许永远走下去，请求人们给无地者土地。《时代周刊》封面上的说明文字是巴韦的话："我用爱来掠夺你们。"

长途跋涉的想法来自甘地，但却是基于一种误解。甘地的行走或长征是纯粹象征性的；它们是一个姿态，一种展示。一九三〇年甘地从艾哈迈达巴德走到海边，一路缓行，并被广泛追踪报道，他到那里不是去做大事，仅仅是为了捧起一把盐，用这样的方式破坏一项可以轻易破坏的法律，并向全印度宣示他抗拒英国律令的决心。一九四七年在孟加拉，他步行到诺阿卡里区，只是为了出现在那里，希望他的在场能够平息种族仇杀。

这些是相当长的步行。然而巴韦却一如既往地计划把自己的步行大大延长，可能称得上是打算以此为生，而且他并不想把这一项行动当作象征性的。他在印度村庄里跑来跑去，目标只不过是希望哪天凭借宗教激情实现了土地的再分配，而这些其实都可以（且能够）通过法律、通过合并管理机构以及长年的耐心教育完成。这就像是在尝试甘地式的绳子戏法，把灵性当作国家机器的替代品。这也与巴韦公开表示的要国家"凋零"的甘地式目标密切相关。印度被甘地从臣服状态中解救出来，现在则要以同样的灵性途径使自身重获新生。世界上所有其他的"主义"生来就是要被淘汰的。这是一次甘地式魔术的公开、刺激的实验，而《时代周刊》的兴趣、西方的兴趣（对印度来说始终重要，即使是最灵性的）令这种兴奋持续高涨。

和巴韦一起走是一种时尚。用兰扎·德尔·瓦斯托的话说，这成了一种"新的朝圣"。一九五四年初，兰扎·德尔·瓦斯托和巴韦一起走了几个星期，尽管瓦斯托是一个甘地主义者，写过畅销的甘地传记，并且希望也写本畅销的巴韦传记，他仍感到行程十分艰苦。即使在他充满敬畏的叙述中，也会不断出现对巴韦征程中的别扭与无序的一种欧洲式的恼怒：恶劣的食物太辣太咸，马戏班似的环境，无休止的吵闹；即使大师在场，膜拜的人群也像鸟群一般叽叽喳喳，很容易乱作一团；巴韦自己的追随者们只好相互喊话，当众大吼大叫，肆无忌惮地咳嗽和放屁。瓦斯托费力地去理解，他在朝圣中像个犯人，试图在宿营的折磨中，通过与自然相关的理念，找出"放屁的天真感……那些可爱的、喜爱交流的人们的消遣"。

每天都会抵达一个新的村庄，以及比哈尔邦的硬土路。巴韦总是在前头阔步而行。村民不管多么崇拜或是狂喜，也都不得横穿他走的道路或者走在他前面，只允许跟从。圣人，以及他提供的拯救（包含在目睹圣人之中）自有其严格限定。在某一站，巴韦似乎没来由地产生了怀疑，似乎随意暗示他对一些随员（包括一个新闻官）之"懒惰"与其他一些人之"卑劣"的强烈不满。很清楚，在底下发生了瓦斯托不知道的事。但在此事出来前很久，读者就已清楚，尽管唠叨了很多，但这次行走仅仅是行走，几乎没做任何事，或者只做了很少一点事；在这些叽叽喳喳的村民中，没有任何人给予或者得到土地，所有人不过是在向神灵祈求。

早先曾有议论，说要建一所大学以备这项运动的特殊需要，有人甚至捐赠出一块土地，距离佛祖得道之处不远。有一天，就大学的问题，有人问起巴韦。巴韦说："地还在那里，我挖了口井。路过的人可以提桶打水，畅饮一番。"但提问的人想知道的是大学。"它的目标、校规和教学大纲是什么？"巴韦说："地在那里，井在那里。想喝的人就可以喝。你还想要什么？"

即使是圣人，这样的生活也是危险的。但巴韦就是巴韦，他七年多前放弃长途步行，像个贤哲一般静居下来，沉浸到冥想的昏昏然中。

奇迹没有出现，灵性并没有带来土地的再分配，或是带来了更为重要的、进行土地再分配所需的社会意识革命。事实上效果正相反。这位活着的圣人为官方所谄媚，为神迹报道所优先，给所有巴望着他的人们提供救赎，他是个证明古老方式之正确、古老的敬畏之必需的活着的证明。而比哈尔邦，这个巴韦涉足最频繁的邦，在土地及"不可接触者"问题上仍然是印度最落后、最糟糕的邦之一。

即使巴韦懂得甘地强调社会改革的必要，他也无法削弱印度教的印度，他过深地浸淫其中。这位完美的门徒不明就里地盲目服从，他一如既往地曲解导师的本意。在一次行进中，他谈到"不可接触者"确实在做人类不应该做的工作，因此他们应该获得土地，成为农夫。这似乎是甘地式的，但所有的语言都可以被理解为：厕所清洁工就是厕所清洁工，不可接触者还是不可接触者。甘地原意中的要点全都丧失了。

印度教的冥想可扶摇直上，但印度教的实践则是根本性的，灵性对大多数人来说实在很好，那是确凿的奇迹。巴韦就把灵性当作这种货物来提供。作为甘地的继承者，他能获得这种商品的特许经营权。一九六二年，在"善提尼克坦"——那是诗人泰戈尔为复兴印度艺术而创设的大学——举行的一次公开聚会上，巴韦形容他是"贩卖灵性的小商人"。在善提尼克坦！这就是巴韦在印度的稳固地位，泰戈尔这种人的理性思维竟然被甘地式印度的文化原始主义糟蹋到这种地步。

几年前，在那个长途跋涉的辉煌日子里，巴韦进行了一次纪念讲话，他在其中形容自己是火。他的职责也就是燃烧，好让别人使用他。甘地在他的自传中说，谦卑一旦成了誓言，也就不再是谦卑了。巴韦对他在印度的作用的描述显然是空洞和颓废的。这是对《薄伽梵歌》中责任观念的歪曲，是对"教义"观念的歪曲，这是巫师的语言。

巴韦把甘地主义简化、歪曲成一种巫术，把自己当作巫师。在南非的那个甘地对印度来说太复杂了。印度把激进领导人当作圣雄，而在巴韦那里，圣雄成了梅林①。他的失败并没有让他的圣名失色。他的失败，总而言之，都应归咎于时代。因为正如许多印度人所说，自从甘地死后，真理就远离了印度和世界，他们把这种说辞当作最深刻的智慧。在黑暗的年代，巴韦潜心励志，试图创造古老奇迹，他在八十岁生日之际还在新德里获得嘉奖。大腹便便的国会议员身穿整洁的土布白衣坐在平台上，有的还发表演讲。英迪拉·甘地夫人摸索一番后，小心翼翼地为他的肖像套上花环。

关于巴韦最近的新闻（因受审查而不完整）是，他在一九七六年六月开始公开绝食。他一定把这次绝食当作最后一次公共行

---

① 中世纪传说中的魔法师和预言家，亚瑟王的助手。

动了，其中仍然有对甘地的拙劣模仿的因素。甘地也举行过一次著名的最后绝食。但那是甘地最后一次表达他对印度分裂的悲痛和绝望，他绝食是为了反对在旁遮普和孟加拉的种族屠杀。如果报道准确的话，巴韦的最后绝食则是为了反对杀牛。

印度似乎总是这样：奇迹、历史、智慧之死以及灵性消解着创造了它们的文明，印度吞噬着自身。

3

在"紧急状态"下，借用且继承而来的民主机构被解散，也没有外国征服者来输入新的秩序，印度几百年来首次让衰落的文明空荡荡地留在原地。自由随着实现自由的机制来到独立印度，但这是外国的自由，更适合另外的文明。在印度，自由始终与这个国家的内部结构、信仰和古代限制相隔离。开始时还无所谓。印度有发展计划，其工业化比普遍预想的要有效得多，粮食产量翻了一倍多，现在是世界第四大产粮国。在这些巨大的努力背后，新的反叛性骚动正在形成，令印度大吃一惊，不知道如何对付。就好像印度不知道独立意味着什么。

人口激增；无地者逃离村庄的暴政；城镇拥堵；经济发展初期的躁动不安（在这块亘古绝望的大地）以各种方式表现在街上。

民主制度的破坏性就潜伏在它的巨大成功之中。官方政治的作为越来越小，也就越来越官方；到最后它看起来就像是通俗游戏，成了计算人头和改变政治派系的活动。而印度的新闻，作为另一种借来的机制，也失败了。新闻对自身功能的认识有限，其浅薄程度已赶上了政治，它成了印度政治混乱的一部分。它报道讲话以及更多的讲话，把印度缩减成各种各样的立法院。它把那些最不可测的政客变成了全国范围内的名人，而这两类人以及新闻自由在"紧急状态"中统统消失了。

被破坏的机制——法律、新闻以及国会——不能再被简单拼凑了。它们已被瓦解过，可以被再次瓦解，这证明在独立的印度，自由并不必然成立。甘地夫人以自己的名义宣布紧急状态，又以她的个性来实施它。这理应被认为是不幸的，因为它简化了两方的议论，模糊了危机的性质。有没有甘地夫人，独立的印度都会走向"紧急状态"：它的政府机构反对社会团体，每个印度人都刻骨铭心地感到贫穷问题无法解决。即使甘地夫人权威显赫，"紧急状态"也只是权宜之计。不管这状态如何化解，印度终将面对自身的空虚，面对古老文明的不适应症，文明被珍视是因为人们只有它，但它已无法解决人们的需求。

印度缺少意识形态，这是甘地和印度的双重失败。人民没有国家观念，而且没有与此观念相配合的态度。对过去没有历史观，除了印度教脆弱的普世主义外没有其他认同，另外，尽管英国统治时期有过种族暴行，印度仍然没有丝毫种族意识。经过几个世纪以来的征服，这个文明已经快成了生存之道，远离了思想（《薄伽梵歌》极力强调它）和创造力（维诺巴·巴韦认为梵文只是神的语言而不是诗人的语言），像所有衰败中的文明一样，它把自身削减成了巫术实践和被禁锢的社会形态。人要活着必先被贬低。这个文明在被狭隘化的同时，看上去又很完整。显然，这可能根源于种族征伐（胜利的雅利安人，臣服的原住民），其中贯穿着一种模糊的信仰，既提升了人，又贬低了人。

印度教关键性的"教义"——根据其本性，所有人都必须遵循的正确的、被许可的方式——是一个灵活的概念。最高境界的教义，结合了自我充实，结合了行动是责任、行动在精神上回报自身、人是神器等对个人的真理。于是这个概念不再神秘，它触及了其他文明的高级理想。可以说，当巴尔扎克的创作生命接近终结，他突破了极度的疲乏以及漫长的空白期，在八个星期内写下了《贝姨》并在其中阐述艺术家的职业时，他说的正是"教义"：

> 不停地劳动不但是生命的规定，也是艺术的规定，因为艺术是思想的创造活动。伟大的艺术家和真正的诗人从来不坐等灵感或者顾客的到来，他们今天创作，明天创作，永不停歇。结果就是辛苦劳作成了习惯，对困难有了永恒的承认，这使得他们始终保持着与缪斯女神及其创造力的紧密结合。

普鲁斯特同样为了写书而戕害自己，他回应巴尔扎克说，到最后，是一种"劳作的习惯"而非对名誉的追求令作家完成作品，此时他也很接近"教义"的概念。不过作为个人理想的真理，或者在自己身上活出真理来的"教义"概念，也可以用来使人安于奴役状态，让他们在麻木不仁的驯服状态中找到至善的精神。《薄伽梵歌》说："尽你应尽之责，无论有多卑微。不要理会其他人的责任，无论有多伟大。在自己的职责中死，这是生；在他人的职责中活，这才是死。"

"教义"具有创造性还是破坏性，要根据文明所处的状态以及对人的不同期望来看。不可能有其他。信仰的品质不是持续不变的，要看信仰者的品质如何。维诺巴·巴韦的宗教只能表达出印度村庄的卑微和失败。本世纪印度人在科学方面有所贡献，但除了极少数明显的例外，他们的成就都是在国外做出的。这不仅仅是装备和设施的问题。印度科学界令人担扰。科学界自感在印度地位脆弱，其中很多人在国外大胆创新，而一旦被吸引回国，就会陷于平庸、自我满足，成为对自己过去的价值毫无意识的人，曾经的辉煌只不过是偶然事件。他们安于更狭隘的文明、更狭隘的"教义"和自我实现观念。身处徒具其表的文明中，他们不再为获得自己眼中的功德而在智识方面拼搏奋斗，这样的功德现在需要通过正当的宗教行为，即"正确性"来获得。

几年前，科学家哈尔·葛宾·科拉纳①以美国国籍、为美利坚合众国获得了诺贝尔医学奖，印度为之伤心。印度盛情邀请他回国，却忽略了他最重要的方面。一位印度最优秀的记者说："除了讨论他的成就外，我们愿意为科拉纳做任何事情。"成就，劳动，对劳动的评价：这些都被认为应该发生在别处，而不是在印度。

这是印度人接受的智识寄生主义的一部分。作为被征服的人民，印度人接受这种寄生主义已经很长时间了，而同时，他们又依然将他们的文明视为一个整体，认为它掌握着唯一重要的真理，像甘地在一九一四年看到的，这个文明为"受难者"提供庇护所和"尘世生活的解脱"。好像那种特殊的美德只存在于印度异常的痛苦和尘世的无能中，而不存在于曾经辉煌的文明里。这就像是对绝望的慰藉，因为物质世界的挫折里更没有美德可言（尽管甘地知道这点，并且他早期所有的政治行为都充分表现了这点）。

印度式贫穷比任何机器都更非人化，生活在印度的人受"教义"观念的束缚，被紧紧地封闭在最狭隘的逆来顺受中，其程度比任何机器文明中的人更甚。回到印度的科学家收敛了他在国外获得的个性，重新从种姓认同中得到安全感，世界再一次简单化了。这里有烦琐的制度，如枷锁般舒适，一度唤醒了创造力的个人洞见和判断，也被弃之如负担，这个人又一次与其种群被捆在

---

①哈尔·葛宾·科拉纳（Har Gobind Khorana），1968 年诺贝尔生理学与医学奖获得者，出生于旁遮普邦，1960 年入美国籍。

一起，他的科学也沦落为一门手艺。种姓制度不仅摧残着"不可接触者"阶层，由此导致肮脏在印度被神圣化，而在全力成长的印度，这种摧残还同时表现在强制的全面服从、庸俗的满足感、冒险精神的消失以及把那些可能非常优秀的、有个性的人驱逐在外的举动。

人们或许会反叛，但通常到最后他们会沉默。外来者在印度是没有位置的。"雅利安联合会"，一个反对传统种姓制度的改革团体，本世纪初一度活跃于印度北方，却因为一个简单的原因而失败。它无法解决成员的婚姻需要。印度把他们招安了，让他们回到自己反对的种姓制度和规定中去。五年前我在德里听到了一个故事，一个外国商人觉得他身为"不可接触者"的仆人很有天分，决定让这个青年受教育。于是他这样做了，并且在离开印度前为那个人安排了一个更好的工作。几年后商人回到印度，发现那个"不可接触者"又变成了厕所清洁工。那人被他的部族排斥，因为他脱离了他们，他被阻挡在夜晚吸烟的人群之外。他加入不了别的群体，也娶不到妻子。这种孤立是难以承受的，于是他重操旧业，这就是他所依照的"教义"，他必须学会服从。

逆来顺受。印度对人的需要就是这些，人所愿意付出的也是这些。家有家规，种姓亦有其规。对徒弟来说，师父（不管是圣人还是音乐老师）就是神，必须无条件地服从，即使他不是很理解为何如此，就如同巴韦并不理解甘地一样。学习神圣典籍必须凭借内心，学习学校课本必须凭借内心，还有大学的教科书以及讲座记录。"西方的教育体系中有个错误，"维诺巴·巴韦几年前说，"在凭借内心学习经典方面毫不施压。"中学生们像小和尚念经一样诵读课文，而且像小和尚一样，一有访问者出现便提高嗓门，显示他们的热情。所以，印度把新生代吸收进旧我之中，以老方法使用新工具，清除自身不需要的思想，保持其平衡。土地的贫穷反映在思想的贫穷上；如果不这样则会平添灾祸。

被征服的文明也是受挫的文明，它使人服从于灵活的"教义"，与土地一起日渐萎缩。甘地唤醒了印度，但他所唤醒的不过是那个受挫的印度，是他继南非之后所需要的圣土。

4

就像一个小说家往往会把自己分割开来，注入各个角色中去，无意识地建立起一种和谐共存，给予其主题一种封闭的紧凑感，多面向的甘地也扩散于现代印度的各个方面。他是隐匿的，除了化身于如今垂死的巴韦外，他是不为人知的，但印度今天上演的这一幕幕他在六十年前就已经安排好了，那时他结束了在南非的种族斗争刚刚回国。创造者不必了解他执迷的根源，他的责任仅仅是让局面动起来。甘地给印度带来了政治，又唤起了古老的宗教情感。他令两者互为助益，带来了觉醒。但在独立的印度，这一觉醒的元素却令两者相互否定。没有政府能靠甘地的幻想生存。被甘地转化为一种民族主张的灵性，被征服人民的慰藉，已经明显变质，成了一如从前的虚无主义。

流亡的反对派发言人大谈民主自由的丧失，他们的抱怨是公允的。不过那些借来的词汇隐藏着过时的甘地式执迷，同"紧急状态"条款一样具有破坏性："罗摩之治"的幻想，灵性的幻想，回归村庄，简朴。在这些构成政治冲突的执迷当中，仍可见到甘地在伦敦学习法律时那段盲目岁月的骚动以及他在南非二十年的种族伤痕，它们以最不可思议的方式鲜活地存在着。如今甘地反对西方及虚无主义的根源已经丧失，在南非失败的二十年已经从印度人的意识中删除了。不过，如果甘地从其他途径解决他的困难，如果（像一个富有想象力的小说家）他没有如此成功地转化他的原始伤害（在他身上一定大部分是种族的），如果他为印度规划出另一种生存法则，他就可能给独立的印度留下一种意识形态，有了它，印度可能已经产生真正革命性的变化，产生大陆的种族意识和印度人特有的归属感，甘地全部的政治目标可能已经借此实现，甚至实现得更多。它们不但会动摇"不可接触者"制度、淹没种姓制度，而且会唤醒个人，让人在一种更广义的认同中自立，建立起关于人类之卓越的新概念。

如今，曾为他争执的人不知为什么而争执，不论甘地还是旧印度都没有解决当前危机的方法。他是旧印度最后的表达，他把印度带到了路的尽头。所有有关"紧急状态"的争论，所有涉及他名字的东西，都反映了印度智识的真空，反映了他试图赋予其新生的那个文明的空虚。

在被征服的印度，"复兴"通常是指对被压抑、被侮辱之事物的重新发现，是对旧方式的赞颂。在休养生息时，人们从没有抓紧机会（或是缺乏智识手段）往前赶，灾难随后就会再次降临。艺术史家告诉我们，欧洲文艺复兴兴起于人们意识到过去不复存在之时，奥维德①和维吉尔不能再被视为古代的修士，人必须在过去与自己之间设置距离，以更好地了解过去，更多地从中获益。印度总以另外的方式寻求复兴，用接续的方式。凭借最早的典籍，人们回溯过去，把现在称为"黑暗年代"，就像他们站在今天回顾甘地抗英的日子，把其后所有事都看作玷污，而不是过去的作用。当印度力图回到从前的观念中时，它并不会把握过去，也不会借此丰富自身。过去只能通过研究和治学，通过智识而非灵性法则来把握。过去必须被看作是已死的，否则过去将扼杀未来。

甘地式印度的稳定其实是一个幻象，印度很长时间内都不会再度稳定。但在当前的不确定和空虚之中存在着真实的新开端的可能，在长期的灵性之夜过后，印度会涌现思想。"印度的危机

---

① 奥维德（Ovid, 公元前 43－17），古罗马诗人，代表作有《变形记》《爱的艺术》等。

并不是政治性的，那只是德里方面的看法。独裁或军人统治不会改变任何事情。危机也不仅仅是经济上的。所有这些不过在从不同方面反映着更大的危机，一个衰败中的文明的危机。其唯一的希望就在于更迅速地衰败。"我在一九六七年这样写道。那对我来说是个更黑暗的年代。

一九七五年八月至一九七六年十月

图书在版编目(CIP)数据

印度．受伤的文明／（英）V.S.奈保尔著；宋念申译．－－2版．－－海口：南海出版公司，2018.11
ISBN 978-7-5442-9364-8

Ⅰ．①印⋯ Ⅱ．①V⋯ ②宋⋯ Ⅲ．①游记－作品集－英国－现代 Ⅳ．①I561.65

中国版本图书馆CIP数据核字(2018)第148150号

著作权合同登记号 图字：30-2011-037
INDIA: A WOUNDED CIVILIZATION
Copyright © 1977, V.S. Naipaul
All rights reserved.

印度：受伤的文明
〔英〕V.S.奈保尔 著
宋念申 译

出　　版　南海出版公司　（0898)66568511
　　　　　海口市海秀中路51号星华大厦五楼　邮编 570206
发　　行　新经典发行有限公司
　　　　　电话(010)68423599　邮箱 editor@readinglife.com
经　　销　新华书店

责任编辑　黄宁群
特邀编辑　陈　蒙
装帧设计　韩　笑
内文制作　王春雪

印　　刷　河北鹏润印刷有限公司
开　　本　850毫米×1168毫米　1/32
印　　张　6.5
字　　数　122千
版　　次　2013年10月第1版　2018年11月第2版
　　　　　2024年6月第10次印刷
书　　号　ISBN 978-7-5442-9364-8
定　　价　48.00元